나를

데리고

떠났다

나를 　　데리고 　　떠났다

황지연 지음

집채만 한 캐리어 세 개를 끌고 **엄마 아빠와 함께 기어이 이탈리아까지**

폭스코너

공항에서의 서문

자고로 여행은 재미있어야 한다. 그러나 유서 깊은 고대 유적지 앞, 7월의 뜨거운 태양 아래에서 몹시 재밌기란 쉽지 않은 법. 게다가 60년 가까운 인생에 유럽은 처음인 부모님과, 몇 번의 방문으로 유럽에 대한 별 설렘이 없는 딸내미의 멤버 조합이라면 더욱 그렇다. 공격적인 햇볕 아래 좀처럼 화장실 없는 거리, 커다란 짐가방 세 개와 에스컬레이터 없는 기차역. 이탈리아를 떠올리자마자 이전 여행에서의 아찔했던 순간들이 머릿속을 하얗게 채웠다.

쉽게 열흘을 비울 양반들이 아닌데, 항공 마일리지가 곧 소멸된다는 심각한 사실이 일밖에 모르는 엄마의 의지를 꺾었다. 그렇게 말 꺼낸 지 5분 만에 부모님은 여행을 결정했다.

"너도 같이 가자, 이탈리아."

심란한 제의였다. 가족 해외여행은 종종 가곤 했지만 엄마, 아빠와 함께 사나흘 일정의 동남아도 아니고 열두 날의 유럽 여행이라니. 분명 유럽 몇 번 가본 경험에 등 떠밀려 여행 계획부터 가이드, 그리고 간간이 어시스턴트 역할까지 모두 시전하는 풀 패키지 의전 여행을 떠맡게 되지 않을까 싶은데, 과연 재미란 것이 있을까. 이런저런 상념에 흥미가 뚝 떨어졌다. 목적지가 유럽인 것도 그렇다. 유럽에서의 짧은 유학 시절에 지나가던 할아버지가 너희 나라로 돌아가라고 소리치고, 클래스메이트가 너의 작은 눈이 매력적이라며 손가락으로 눈을 찢어 보였다. 동양인을 대하는 유럽인들에게 실망해서 다시는 오지 않으리라 다짐했던, 그리 썩 관계가 좋지만은 않은 땅이었다.

하지만 결국 떠나고 말았다. 패키지를 거부하고 절대 자유를 추구하는 아빠의 순수한 신념과 낯선 땅에 가이드 없이 가게 될 운명에 처한 엄마의 흔들리는 눈빛을 차마 모른 척할 수 없었다. 미리 말하자면, 앞으로 전개될 여행은 유럽에 대한 나의 경직된 인상을 느슨하게 풀어놓았다. 학생으로서 잠깐잠깐 짬을 내어 혼자 여행을 하는 것과 사회인이 되어 부모님과 함께 가족여행을 하는 것은 전혀 다른 경험이었다. 그리고 또 깨달았다. 어디에나 이방인에게 적대적인 사람들은 있게 마련인데, 20대 초반 처음 방문한 낯선 타지에서 따스한 웰컴이 절실했기 때문에 나는 작은 거절에도 심각한 상처를 받았던 것임. 그때로부터 몇 년이 흐른 지금 나의 외국어는 좀 더 쓸 만해졌고 엄마의 여행 적금은 두둑했으며 아빠의 목청은 그때 그 할아버지를 압도할 만큼 높았다. 내겐 이런 자원들이 준비되어 있었다.

이탈리아에서 보낼 12일의 여름휴가. 확인하고 챙겨야 할 것이 한두 개가 아닌데, 출발 전날까지 우리 가족은 저마다 야근으로 점철된 일주일을 보냈다. 급기야 엄마는 공항 출발 두 시간 전에야 극적으로 일을 끝냈다. 짐을 제대로 쌌는지 확인할 겨를도 없이 7월 1일 아침 7시 정각, 우리는 공항으로 향했다.

나를 데리고 떠났다

누구나 그렇듯 기내식은 5성급 호텔 조식보다 더 기대되는 법이다. 광화문 뒷골목에 즐겨가는 함바식당이 있다. 달걀프라이 얹은 고봉밥 하나에 푸짐한 김치찌개는 내가 가장 사랑해 마지않는 시그니처 메뉴다. 그보다 더 기대되는 메뉴가 기내식! 그런데 하필 그날 우리가 탈 비행기에 기내식이 제시간에 준비되지 않아서 출발을 못하고 있었다. 우리는 기내식 지연에 대한 양해를 구하는 방송을 거듭 들으며 게이트만 목 빠지게 바라보고 네 시간을 졸다 깨다 하며 앉아 있어야 했다.

　기내식에 대한 기대가 무너진 건 당연지사. '이럴 거면 좀 더 자고 왔어도 되는데.' 아무 소용없는 아쉬움만 밀려들었다. 시간이 지나자 사람들의 태도도 변해갔다. 이유를 묻는 사람들, 따지는 사람들, 소리를 지르며 화를 내는 사람들. 나도 그 와중에 체크인 시간이 걱정되어 로마 숙소의 호스트와 부지런히 연락하면서 생각했다. 아, 여행이란 이런 거지. 전혀 상상하지 못한 방식으로 내 계획을 깨뜨리는 삶의 다이내믹한 전개 같은 것. 여행은 틀을 넘는 삶의 방식이다. 그때부터인 것 같다. 이번 여행을 통해 나는 인생에 굵은 고딕체로 새겨질 무언가를 찾아낼 것 같은 예감에 사로잡혔다.

이륙과 동시에 이탈리아는 눈앞의 현실로 다가왔고 여행은 진짜 시작되었다. 우리는 두오모의 좁디좁은 계단을 끝없이 돌고 돌아 마침내 큐폴라에서 자유를 만끽하고, 가파른 바위산 중턱의 로맨틱한 빌라에서 이탈리아 개미와 사투를 벌이고, 별안간 우리 집으로 떨어진 윗집의 큰 개와 함께 주인을 기다리며 저녁을 보냈다. 뿐인가, 죽기 전에 꼭 달려봐야 한다던 아말피 해안 드라이브, 너무나 천연덕스럽게 도로인 척하던 베네치아의 수로를 만끽했다. 무엇이 바뀐 걸까. 참 아름답고 소박한 즐거움이 순간순간을 메웠다.

그 속에서 찾으리라 예감했던 무언가가 다가왔다. 가장의 무게를 '지키는 즐거움'이라며 버텨온 아빠의 진심과 웬만해선 염색도 하지 않고 나이듦을 받아들이던 엄마가 소녀처럼 설레어하던 모습을 보며 왠지 감사가 느껴졌다. 지중해의 푸른 바다에 시선을 두자 너그러워진 마음이 여러 이방인들과 섞여 두리번거리는 나를 툭툭 건드리며 나답게 살고 있는지 물어보곤 했다.

사실 부모님을 데려간다고 생각했는데 떠나보니 나는 나를 한 무더기 데려간 거였다. 여행의 마디마디마다 다른 내가 수면으로 떠올라 이런저런 이야기를 늘어놓았다. 포지타노의 고요한 새벽엔 불안한 내가 떠올라 앞으로 회사도 없이 어떻게 살거냐며 울상을 지었고, 아말피의 절벽도로를 달릴 때는 복잡한 생각은 떨쳐버리고 지금의 여행을 즐기라고 도전적인 내가 말했다. 베네치아에서 재봉틀 청년을 만났을 때는 과연 나도 내 길을 잘 걸어갈 수 있을까 초조해하다가, 피렌체 두오모 위에서는 담담한 내가 떠올라 이 모든 '나'를 알아차리고 다독여주었다. 나에게 주어진 수많은 역할과 내 안에 있는 수많은 내가 함께 새것을 보고 새 길을 걷고 새집에서 잠들었던 열흘간. 돌이켜보니 이것은 한여름 같은 내 청춘 한가운데를 반짝이게 하는 선물이었다. 단 한 줄로 표현되지 않기에 찬찬히 풀어 펼쳐서 여기에 적어본다. 털털하고 야무지게.

2019년 봄

황지연

차례

Prologue

4   공항에서의 서문

Chapter 1. 포지타노

17   독일 아저씨와 비건으로 뭉친 우정

25   유럽에서 만난 한국 정서, 배달

34   하늘에서 개가 내리다

40   내 마음의 플라시보

46   딸랑이가 그리운 설익은 어른에게

49   그곳에 내가 서 있었으면 좋겠다

54   그날 밤 포지타노

Chapter 2. 아말피

69 어찌어찌 살다 보면

74 최선이 아닌 차선도 충분하다

83 어떻게 살면 행복할까

86 첫 성당, 첫 감동

94 수영하기에 적절한 몸

Chapter 3. 살레르노

105 시간에 초조해하지 않기

110 이탈리아어를 천천히 말해주는 친절

114 어제 떠난 자들이 두고 간 선물

117 '적당'의 기준에 대하여

Chapter 4. 베네치아

129 유리 굽는 섬

138 바다 골목길을 걸으며

142 기록을 포기하는 것

150 그들의 일부가 되어

155 전망 좋은 방

158 현재를 붙잡아야 한다!

165 두드려보고 싶은 집

170 느리게 식사하세요, 와인도 곁들여가면서

176 산 마르코 광장의 석공에게

180 베네치아 재봉틀 청년

Chapter 5. 피렌체

189 지옥계단

196 여행은 다회용

201 500년 된 서랍장에 내 짐을 풀다

211 세기의 만남

217 기념품의 역할

Chapter 6. 로마

229 선조들의 '열일'에 대하여

235 버스 휴양

243 관광객 놀이

245 의외로 너무 컸던 콜로세움

252 자물쇠를 채우다

256 바티칸 대성당의 축복

264 로마의 흐린 밤

266 최고의 여행이었어

270 설렘을 선택하며

273 똑똑, 일상입니다

Epilogue

278 여행은 단순히 땅 밟기가 아니기에

Chapter 1

포지타노

[Positano]

독일 아저씨와 비건으로 뭉친 우정

말다운 말을 나눈 건 그 독일인이 처음이었다. 이동하는 데 필요한 티켓은 출발 전에 미리 다 발권을 해둔 상태였다. 매표소 직원과 만날 일도 없었고, 커피 가게 점원과 나눈 대화도 "이거", "두 개", "고마워", "안녕" 정도였다. 배낭 하나를 둘러 메고 가볍게 기차에 오른 유럽인들 사이에서 이따만 한 캐리어 세 개와 두 개의 배낭을 가지고 낑낑거리며 좌석을 찾아 헤매고 있었다. 독일인은 우리를 보자마자 '도와줘야 하나' 하는 낯빛으로 자리에서 일어나지도 앉지도 않은 어정쩡한 자세를 취했다. 우리의 좌석은 그 독일인의 옆과 앞자리였다. 마주 보고 앉게 되어 있는 네 자리 중 세 자리를 우리가 예약했는데, 나머지 하나를 그 독일인이 예약한 모양이었다. 우리의 발걸음이 점점 가까워질수록 독일인의 허리도 점점 곧게 펴졌다. 마침내 티켓과 좌석을 확인하며 독일인 앞에 멈춰 섰을 때 그는 자리에서 완전히 일어나 초록색 눈을 커다랗게 뜨고는 자기 옆자리를 가리키며 눈짓으로 물었다.

'너희 자리 여기?'
"우리 여기야. 실례 좀 할게."

먼저 인사를 건네자 독일인은 방긋 미소를 띠며 짐을 선반에 올리는 걸 도와주었다.

"당연하지. 캐리어 올리는 거 도와줄게."

자리에 앉아 한숨을 돌렸다. 기차여행을 제대로 만끽해야 한다며 촉박한 시간에도 커피와 빵을 사오는 여유를 부린 바람에 캐리어를 보관하는 짐칸은 자리가 다 차버린 뒤였다. 미역

국, 우거지국, 김치찌개 같은 각종 찌개와 국, 햇반과 쌀, 참치와 골뱅이, 장조림, 깻잎에서부터 게튀김까지, 시중의 거의 모든 종류의 통조림을 다 쓸어 담은 아빠의 '즉석 한식' 캐리어는 보기보다 훨씬 무거웠다. 그리고 우여곡절 끝에 일을 끝냈지만 마무리가 필요했던 엄마와 여행 중에도 원고를 써야 하는 나의 노트북, 책, 또 열흘간의 옷가지를 욱여넣은 엄마와 나의 캐리어도 만만치 않았다. 여기에 역에서 사온 커피와 빵까지 한 손에 들고 캐리어를 옮기려니 쉽지가 않았다. 기차 복도는 캐리어가 겨우 통과할 만큼 좁았는데, 사람들이 양옆으로 들어오는 바람에 우리가 중간에서 길을 막아버리는 꼴이 됐다. 그때 독일인이 교통정리를 하듯 지나는 사람들을 잠시 막아주었고 우리와 힘을 합쳐서 돌덩이 같은 캐리어 세 개를 위로 올리고 무사히 자리에 앉을 수 있도록 도와주었다.

우왕좌왕 헤매는 모습만으로도 독일인의 주의를 끌기엔 충분했지만, 그의 관심을 폭발하게 한 건 따로 있었다.

"아, 덥다."

연신 땀을 흘리던 아빠가 가방에서 미니 선풍기를 꺼내 켰다. 나도 자연스럽게 따라 선풍기를 꺼내 들고 얼굴에 가져다 댔다. 무거운 짐도 없겠다, 내리쬐는 태양도 없겠다, 무사히 기차에 탔겠다, 이제 한동안 차창 밖을 바라보며 갓 내린 커피와 따뜻한 빵을 즐기기만 하면 된다. 마음이 편안해졌다. 그렇게 가만히 앉아 한 손에 선풍기를 들고 바람을 쐬던 나는 점점 주변의 시선이 우리에게 쏠리는 걸 느꼈다. 내 옆에 앉아 있던 독일인은 부담스러울 정도로 내 쪽으로 고개를 돌리고 아까보다 더 동그란 눈으로 선풍기를 주시하고 있었다.

"너도…… 쐴래?"

민망해진 상황에서 나는 작은 목소리로 독일인에게 선풍기를 권했다. 그러자 그는 호기심 가득한 눈으로 건네준 선풍기를 요리조리 살펴봤다.

"아주 실용적이군."

독일인이 선풍기를 사용하는 모습을 주변에 앉아 있던 다양한 인종의 사람들이 다 같이 지켜봤다. 그 모습이 얼마나 재미있던지 마음 같아선 그들 모두에게 선풍기를 선물로 나누어주고 싶었다. 내가 살던 곳에서는 불티나게 팔리는 익숙한 제품이건만 누군가에게는 이목을 집중시키는 신기한 물건이 될 수있다니. 이 작은 물건이 이 칸의 사람들을 즐겁게 만들었다는 생각에 왠지 모를 뿌듯함까지 느껴졌다.

"한국은 아주 더워. 요즘은 사람들이 다 이걸 들고 다닌다니까."
"개인용 선풍기구나. 놀라워! 너는 부산에서 왔니?"

부산? 처음 보는 독일인의 입에서 서울도 아니고 부산이 나오다니. 그때만 해도 그가 이탈리아인인 줄 알았지만. 내가 서울에서 왔다고 대답하자 그는 친구가 가수인데, 그녀가 부산으로 공연을 하러 다녀왔다고 말했다.

"이탈리아 가수가 부산에서 공연을 했다고?"

"아니, 그녀는 한국인이야. 독일에서는 조금 유명한 한국인인데 부산으로 공연을 갔었거든. 나는 한국을 한 번도 안 가봤는데 내 친구가 부산이 더운 지역이라고 했어. 아, 그리고 나는 독일인이야."

그래서 그가 독일인임을 알게 되었다. 이탈리아에서 일한 지는 15년이 넘었다고 했다. 여기서 결혼을 했고 앞으로도 로마에서 살 계획이라고. 그러고 보니 차분하고 정적인 말투와 반듯한 체크무늬 셔츠에 무난한 면바지 패션이 그제야 눈에 들어왔다. 다양한 컬러를 믹스매치하고 진한 향수 냄새를 풍기던 테르미니 역^驛 주변의 이탈리아 남자들과는 사뭇 분위기가 달랐다. 이런저런 얘기를 하며 나는 역에서 사온 빵을 꺼내 그에게 권했다. 그러자 의외의 대답이 돌아왔다.

"아, 나는 괜찮아. 나는 비건이라서. 건강을 위해서 육류를 피하고 있어."

"어? 나도 그런데!"

나는 풀과 해산물을 먹는 세미 베지테리언이다. 정확히 말하자면 그러려고 노력한다. 상황에 따라 허용하기도 하지만, 나 역시 몸에 맞지 않아서 육식을 피하고 있다. 우리는 비건이라는 공통점으로 순식간에 공감대를 형성했다.

독일인은 나이가 많아 보였다. 그와 나눈 대화에서 얻은 정보를 바탕으로 추측해보건대 스무 살 정도 차이가 나는 것 같았다. 국적도 다르고 세대도 다르고 만난 지 30분밖에 안 됐는데도 우리는 '비건'이라는 공통 주제로 급격히 말이 많아졌다. 언제부터 비건이었는지, 이탈리아에서 비건으로 살기는 어렵지 않은지, 한국에서 외식할 때면 어려움이 많은데 주위 사람들이 불편해하지는 않는지, 평소에 어떻게 밥을 해먹는지, 괜찮은 맛을 내는 레시피가 있는지. 우리는 금세 친구처럼 말이 잘 통했다. 만약 내가 이탈리아에 머물렀다면 우리는 그대로 좋은 밥친구가 되었을지도 모른다.

"포지타노에 가면 갑오징어튀김을 꼭 먹어봐. 거긴 해산물이 정말 맛있어. 중부로 올라가면 해산물이 거기만큼 많지는 않을 거야. 그러니까 포지타노에서 많이 먹어둬!"

그는 내리는 순간까지 이것저것 먹거리 정보를 알려주었다. 다소 까다로운 내 식성은 끝까지 존중과 환영을 받고 있었다. 마치 나를 수용하는 세상에 온 듯한 기분 좋은 느낌으로 여행이 시작되었다.

나를 데리고 떠났다

유럽에서 만난 한국 정서, 배달

너무나 반가운 나머지 한번에 알아차리지 못했다. 일일이 배달을 하고 있다는 것을. 생각해보라. 이탈리아, 그것도 고급스런 휴양지로 알려진 남부 바닷가 앞에 이마트나 롯데마트처럼 신뢰와 전문성을 바탕으로 하는 배달이 이뤄진다는 것이 믿겨지는가. 믿지도, 생각지도 못했기에 우리는 소위 고생을 사서 했다.

살레르노를 출발한 이후 바다 한가운데의 페리 위에서, 불볕 같은 이탈리아산 자외선에 무방비로 노출되었다는 것을 제

포지타노의 숙소 '카사 루치벨로'에서 내려다본 산동네.

외하면 완벽한 천국을 만끽했다. 우리는 2층 갑판 위에 한가하
게 앉아 살레르노에서 아말피를 지나 포지타노까지 길고 느긋
한 바다 드라이브를 즐겼다. 아말피 해안을 걷고 있을 때는 볼
수 없었던 수면의 시선을 체험했다. 수풀이 빼곡한 섬과 거친
바위섬, 심한 경사지나 낭떠러지 같은 아찔한 곳에 사랑스럽게
자리 잡은 지붕들, 그 아래를 달리는 하얀 요트가 하얀 포말을
그리고 지나간다. '아, 여기가 어디인가!' 풍경에 취해 한 시간
여를 보내고, 우리는 포지타노 해안에 가닿았다.

나를 데리고 떠났다

앞서 말한 것처럼 우리가 끌고 온 짐은 큰 캐리어 세 개와 배낭 두 개. 지도상 우리의 숙소는 바위산 중턱쯤 위치한 저 먼 윗동네. 울퉁불퉁한 옛 돌바닥 위를 덜컹거리는 캐리어를 끌면서 택시나 버스를 찾아 오르막길을 올라갔다. 진입하자마자 보이는 계단은 목을 빼고 쳐다봐도 어디가 끝인지 보이지 않았다. 아빠는 자신만 믿으라는 듯 어깨를 한 번 으쓱하더니 말했다.

"여기서 기다려. 짐 하나 갖다놓고 또 데리러 올게."

아빠가 캐리어 하나를 끌고 계단으로 출발했다. 그러나 몇 분 가지 못해서 들려온 아빠의 외침에 뒤따르던 우리는 망연자실했다.

"여기 길 없어!"

관절이 시원찮은 엄마는 부들부들 떨리는 다리로 계단에서 내려왔다. 그리고 지나가던 여행자가 알려준 반대편 길로 다시 올라갔다. 끝날 것 같지 않은 계단을 지났더니 이제는 가파르고 좁은 골목이 한참 동안 이어졌다.

"더는 못 가."

엄마의 외침과 동시에 우리는 다시 해안 쪽으로 돌아왔다. '어떡하지?' 머릿속에서 비상벨이 울렸다. 숨을 헉헉거리는 아빠와 다리가 후들거리는 엄마를 데리고 더 이상 헤맬 수는 없었다. 이탈리아는 와봤지만 남부는 처음이었다. 도대체 이 동네는 어디까지 기어올라가야 대중교통의 혜택을 누릴 수 있단 말인가. 그때 내 머릿속 기억 장치에서 문득 떠올린 한 장면. 페리 하차장 옆에서 본 포터porter라고 적힌 옷을 입은 남자들이었다. 우리한테 어디까지 가냐고 물어봤었는데. 아, 어디선가 짐가방 날라준다는 얘기를 들었던 것 같은데 혹시 그 서비스인가. 대중교통을 찾아 30분을 넘게 헤맨 나는 잰걸음으로 달려가 우리 숙소까지 가방을 옮겨다 주는 서비스가 맞는지 확인했다. 그들은 구원자같이 말했다. 주소를 대봐!

그 순간 나는 이들에게서 한민족의 배달정신을 느꼈다. 주소만 알려주면 무슨 물건이든 나보다 빨리 현관문 앞에 갖다놓는 놀라운 세계에서 살고 있지 않았던가. 물론 그 포터들은 한민족의 속도로 도착해주진 않았다. 그러나 처음 보는 사람과 나의

나를 데리고 떠났다

모든 것이 담긴 가방 세 개를 믿고 맡기는 거래가 이루어지다니, 마치 동포를 만난 기분이었다. 그러고 보니 이탈리아 사람들과 한국인은 급한 성격과 흥이 많다는 점에서 기질이 유사하다는 말도 들은 것 같다. 우리의 숙소 주소를 눈으로 빠르게 스캔하곤 알았다고 고개를 끄덕이는 직원의 프로페셔널한 표정을 보며, 나는 고향에 온 듯 익숙한 안도감을 느꼈다.

생각해보면 한국은 놀라운 신용 사회다. 가끔은 문제가 터지기도 하지만 일면식도 없는 사람들끼리 온라인으로 사고팔고 갖다주는 중고 거래가 이루어진다. 전화로 음식을 주문하면 아직 돈을 지불하지도 않은 상황에서 신속하게 음식을 가져다준다. 그런가 하면 물건을 받고 나서 마음에 안 들면 그것도 다시 가져가 바꿔주거나 환불해준다. 이런 구조가 자리 잡기까지 도대체 우리 사회에 무슨 일이 일어났던 걸까. 처음 시작한 사람들은 '믿지 못하겠음'과 '믿어야만 됨' 사이에서 얼마나 갈등했을까. 그들의 무모하고도 시대를 앞서가는 모험적 태도로 인해 우리에게는 배달, 배송, 택배 등 여러 가지 단어로 불리는 이 아름다운 서비스가 형성되었고 이 분야에서만큼은 그 어떤 나라보다 앞서가는 선진 서비스를 누리고 있다. 감사할 따름이다.

따지고 보면 내 인생에도 크고 작은 용기와 결단이 필요한 때가 종종 있었다. 꽤 무모한 것들도 있었고 나름 탄탄한 준비를 갖춘 것도 있었다. 생각해보니 어떤 식이 되었건 간에 새로운 일에 도전할 때의 두려움은 항상 익숙함을 매력적으로 보이게 했다. 원하는 일을 하기 위해 일단 회사를 그만두자고 마음먹었을 때, 한 걸음만 뛰어보자고 생각했을 때 얼마나 떨었던지. 새로움은 불안하기도 하지만 한 걸음 내딛은 다음엔 곧 나에게 익숙함을 선물한다. 그런 면에서 여행은 새롭고 익숙한 삶의 방식의 무한반복이다.

　여기서 총알배송 분식점을 해보는 건 어떨까. 쉽게 먹고살 망상을 떠올리며, 여기서 오토바이로 배달하면 잘되지 않겠냐는 아빠의 헛된 상상도 함께 들어가며, 배달맨이 알려준 길을 따라 꼬불꼬불 골목을 올라 버스를 탔다. 사실 이런 온갖 과정이 몹시 불편할 것 같아서 렌트카를 이용할까 했다. 그런데 아말피 지역 해안도로에서의 목숨 건 운전과, 그보다 더 목숨 걸어야 할 한여름 휴가철의 주차 전쟁이 두려워 대중교통을 이용하기로 했던 것이다. 가방을 들고 헤맬 때는 우리의 결정이 절대적으로 틀렸음을 통감했다. 배달맨들을 만나기 전까지는. 가

　　　　　　　　　　　나를 데리고 떠났다

숙소의 테라스에는 낮이면 따사로운 햇빛이,
밤이면 선선한 바람이 찾아왔다.

벼워진 몸으로 다녀보니 우리의 결정은 극히 옳았다.

　배달 가격이 싸지는 않았지만, 배달맨들은 포지타노의 좁고
가파른 길을 올라 숙소까지 도착한 후 짐을 어깨에 메고 다시
2층이라기엔 다소 높은, 그러나 엘리베이터 없는, 좁고 가파른
계단으로 이어진 우리 방까지 올라와주었다. 여기까지 올라와

주려나 하는 바람만 있었을 뿐 차마 말을 꺼내진 못했는데 말이다. 어색한 인사말이 오가는 중에 부모님이 이탈리아가 처음이라는 말을 건네자 배달맨은 엄지를 세워 올리며 잘 왔다는 표정을 지어 보였다. 땀으로 범벅이 된 구릿빛 피부에 머리카

아침을 먹었던 숙소의 작은 야외 테라스.

락 휘날리며 가방을 내려놓는 이탈리아 배달맨들이 어쩜 그리 잘생겼는지, 무언가에 홀린 것처럼 나는 시원한 물 한 잔을 대접했다. 과연 여긴 이탈리아다.

하늘에서 개가 내리다

"어, 저기 미안한데, 우리 집으로 개가 떨어졌어."

우리 숙소의 주인은 포지타노에서 작은 가게를 운영 중이라고 했다. 하여 그녀 대신 그녀의 친절하고 다정한 친정엄마가 우리를 맞아주었다. 그러나 친정엄마의 영어는 짧았다. 개가 떨어진 상황에 대해선 좀 더 유창한 영어를 구사하는 주인과의 통화가 필요할 수밖에. 체크인도 도와줄 수 없을 만큼 바쁜 상황이라는 건 알고 있었다. 하지만 거듭 말하지만, 위에서 개가 떨어졌으니 전화할 수밖에.

"뭐? 개가 떨어졌다고? 그게 무슨 말이야?"

그녀의 목소리에는 당황스러움이 역력했다. 그럴 만도 하
다. 이 상황을 설명해야 하는 나도 당혹스럽기는 마찬가지였다.

"말 그대로, 위층에서 큰 개가 우리 현관 앞으로 떨어졌다고!"

사건의 전모는 이러하다. 천신만고 끝에 도착한 포지타노 숙
소에, 우여곡절 끝에 도착한 짐을 받아놓고 나니 우리의 육체
는 스스로 전원버튼을 내려버렸다. 게다가 시차 때문에 정신까
지 혼미한 상황. 우리는 두 개의 방과 거실에 각각 한 명씩 널
브러져 충전의 시간을 갖기로 했다. 잔잔한 바람에 흔들거리는
얇은 커튼, 집 곳곳에 배인 커피 향, 희미하게 들려오는 이웃들
의 떠드는 소리. 모든 향기와 풍경과 소리가 자장가처럼 나를
토닥여주자 무거운 눈꺼풀이 서서히 내려왔다. 바로 그때, 갑
자기 큰 소리가 들렸다.

"왈왈!"

동물이라면 사족을 못 쓰는 나는 반짝 눈을 떴다.

"여기 강아지가 사나 봐!"

　나는 개를 정말 좋아한다. 외할머니 댁에 맡겨놓은, 어린 시절 용돈을 다 털어서 데려온 푸들은 말할 것도 없고, 강렬한 포스를 풍기는 검은 도베르만부터 길을 지나가는 꾀죄죄한 말티즈까지 내 눈에는 하나같이 천사 같다. 이렇게 글 쓰는 직업만 아니라면 애견센터에 근무해도 좋았을 것 같다는 생각을 한다. 맹목적인 개 사랑을 생각하면 난 아무래도 외동으로 사는 외로움이 심했나 보다. 하긴, 아니다. 형제가 많았던 아빠도, 결코 외동이 아닌 우리 엄마도 개 사랑은 차고 넘친다. 아, 그럼 개 사랑은 혈통인가 보다. 뭐가 되었든 온몸에 복슬복슬 여러 모양으로 나 있는 털이며, 포도알 세 개를 붙여놓은 것 같은 눈동자와 코, 무슨 종이 되었든 간에 엉덩이를 흔들며 반가워하는 꼬리, 사람을 빤히 쳐다보며 마치 알아듣는다는 듯한 표정까지 개의 모든 것이 사랑스럽다. 신은 어찌하여 이토록 완벽하게 귀여운 피조물을 만들어냈을까 싶을 정도로. 참고로 고양이도 귀엽고, 오리도 귀엽고, 도마뱀도 귀엽다.

포지타노 이웃 강아지의 왈왈 소리를 들으며 낮잠에 빠진다는 건 누사두아의 파도 소리를 자장가 삼았던 발리 휴가 못지않게 낭만적이었다. 사랑스런 왈왈 소리가 계속됐다. 흐뭇한 미소를 머금고 다시 눈을 감았다. 그런데 듣다 보니 짖는 소리가 조금 수상했다. 짖는다기보단 부르짖는다는 쪽에 가까운 울음소리였다. 그것도 너무 가까이에서 들렸다. 불길한 마음에 개의 소리를 따라가 현관문을 열고 위를 쳐다봤다. 그리고 나도 모르게 소리를 질렀다. 위층 테라스에 내 덩치만 한 개가 거꾸로 매달려 있었다. 떨어지기 일보직전의 아슬아슬한 상황이었다. 너무 놀라 우왕좌왕하는 중에 개는 결국 우리 집 계단으로 떨어졌다. 천만 다행히도 개의 운동신경은 놀라운 수준이었다. 어찌나 절묘하게 떨어지는지, 오른쪽 벽 찍고 왼쪽 벽 찍고 네 다리로 현관 앞 계단에 착지했다. 사망에 이를 수도 있는 높이에서 개는 놀랍게도 비교적 안전하게 착지한 것이다.

"정말 놀랐겠다. 위층 주인에게 연락할게."

자초지종을 상세히 얘기하고 나서야 집주인은 상황을 이해했다. 그녀는 개 주인을 안다며 그에게 전화를 하겠다고 했다. 문제는 집주인도 개 주인도 저녁 9시가 넘어서야 집으로 돌아올 수 있다는 거다. 개가 떨어진 건 저녁 6시경이었다. 그리하여 이탈리아 포지타노 산중턱 마을에 사는 어느 개는 그날 우리와 함께 저녁을 보냈다.

"많이 다치지는 않은 것 같아 다행이야."

주인과의 전화를 끊고 개에게 현관문을 열어줬다. 가히 내 덩치만 한 송아지급 강아지는 한 치의 경계도 없이 집으로 들어왔다. 약간 쩔뚝거리며 걷는 와중에도 꼬리를 흔들며 우리 가족을 잘 따르는 건 또 무슨 상황인가. 큰 개가 순하다고 들었지만 이 개는 그 경지를 넘어섰다. 개를 키웠고 현재도 키우고 있는 애견인으로서, 직접 분양 받아 키운 우리 집 토푸와 비교해보건대 위층의 개에게는 자의식이란 게 없어 보였다. 혹시 빈집을 지키다가 극심한 외로움에 시달리게 된 것이 아닐까. 혹은

물과 간식을 주니 환하게 웃어주는 듯했다.

새로운 가족을 찾아 탈출을 감행했던 건 아닐까. 아니면 지나친 훈련을 받은 건지도 모르겠다. 의심이 가는 바다.

　개는 유독 아빠를 따랐다. 내가 쓰다듬을 때는 가만히 있다가 아빠가 쓰다듬으면 발라당 누웠다. 내가 소파에 누웠을 땐 멀찌감치 쳐다보고 있다가 아빠가 침대에 누우면 자기도 그 침대 밑에서 잠이 들었다. 좀 서운하기도 했다. 처음 발견한 것도 나고, 문을 열어준 것도 난데. 지인들에게 이탈리아 개와 연대의식을 쌓고 돌아온 일화를 들려주고 싶었는데. 상상만으로도 멋진 경험 아닌가. 처음 만난 동양인과 서양 개가 국적과 종족을 뛰어넘은 교감을 나누었다는 감동적인 이야기 말이다. 하지만 개는 자기 집으로 돌아갈 때까지 아빠를 따랐다. 어쩌면 둘은 약간의 공감이 있었을지도 모르겠다. 홀로 집을 지킨다는 막중한 무게감과 홀로 두 여자를 지킨다는 중차대한 무게감에 대해서.

내 마음의 플라시보

최소한의 옷가지, 스킨로션과 선크림, 가벼운 카메라 혹은 핸드폰, 상비약, 여권과 티켓. 사실 이 정도만 있어도 여행하는 데 큰 무리는 없다. 하지만 짐은 챙기다 보면 하염없이 늘어나는 법. 기내용, 호텔 조식용, 배낭여행용, 해변용, 저녁 파티용 등 챙겨야 하는 옷 종류는 무한대로 늘어나고, 혹시 낯선 땅에서 운명의 상대를 만나게 될지 모르니 화장품도 풀 패키지로 챙겨야 한다. 좀 더 완전한 야경 사진을 위해 삼각대와 여분의 렌즈도 넣고, 몸 상태가 어떻게 변할지 모르므로 감기, 배탈, 두

통, 피부염, 위염 등 평소에 잘 들던 온갖 약물을 다 주워 담는다. 그러나 2주 동안 중부의 세 개 도시와 남부의 세 개 도시를 기차와 도보로 이동해야 하는 본격 배낭여행에서는 짐을 최소화하는 것만이 사람답게 여행할 수 있는 유일한 방법이었다. 그래서 다시 또 추려내기를 몇 번. 운명의 남자를 위한 풀 패키지 화장품은 포기해도 결코 타협할 수 없는 필수품은 모기향이었다. 낡고 오래된 흔적이 역력했던 로마의 숙소에도, 늦은 밤까지 달짝지근한 와인을 홀짝였던 피렌체의 카페에도 모기는 있었다. 더구나 온통 물로 가득했던 베네치아에서는 물이 많은 만큼 모기도 많았다. 특히나 야외용 모기향의 위력은 대단했다. 그러나 그 이전에 모기향이 더 요긴하게 쓰인 곳이 있었다. 바위산 중턱에서 저 멀리 지중해를 바라보고 있는 포지타노의 완벽한 숙소에 단 한 가지 흠이 있다면 개미 떼가 출몰한다는 거였다. 하늘에서 떨어진 개와 아쉽게 이별을 하고, 녀석이 흘리고 간 침을 닦느라고 거실 여기저기를 청소하다가 그들을 발견하고 말았다. 공기 좋은 곳에서 로맨틱하게 움직이던 튼실한 개미 떼. 그 옆에 활짝 열린 채 놓여 있던 우리의 캐리어들. 다시한 번 잠이 싹 달아났다.

모름지기 여행자란 어떠한 여행의 환경에도 적응할 수 있는 태도를 가져야 한다. 그런데 난 그렇지 못하다.

"이 개미를 잡아야만 오늘 잘 수 있어."

개미 떼의 방향과 개미의 크기와 동선을 과학적으로 관찰한 엄마와 나는 난관에 부딪혔다. 개미는 무리를 이루고 있을 만큼 많았다. 이 많은 걸 하나하나 잡기란 사실상 불가능했다. 가느다란 개미 떼의 끝을 따라가보니 베란다 바깥 정원으로 이어졌다. 그때 번뜩 기가 막힌 도구가 떠올랐다.

"모기향 켜볼까?"

모기들은 이거 싫어하는데, 이 나라 개미들은 어떨지. 제발 싫어해줬으면 좋겠다는 기대감으로 부랴부랴 모기향을 설치하고 개미의 동향을 살폈다. 그렇게 개미를 향해 얼굴을 처박고 있다 보니 매캐한 모기향에 내가 먼저 질식할 것 같았다. 5분이 다 되도록 지켜봐도 이렇다 할 효력이 나타나는 것 같지 않았다. 개미가 돌아가는 것도 같고, 꿋꿋하게 들어오는 것도 같고.

"아마 여기 들어오면 먹을 게 있다는 걸 아는 게 아닐까? 바깥에 먹이를 갖다놓고 유인하면 어때?"

코를 막고 개미를 관찰하던 엄마의 제안으로, 나는 식탁에 놓여 있는 것 중에 가장 달콤했던 빵 한 조각을 떼어와 개미가 배달하기 좋게 잘게 잘게 뜯었다. 그리고 베란다에 빵을 살포하듯이 뿌렸다. 개미만 내보낼 수 있다면 나의 달달한 탄수화물을 헌납하는 것 정도야. 쏟아져 내려오는 눈꺼풀을 부여잡고 개미가 나가기만을 기다렸다. 엄마와 나는 아무 말도 하지 않고 거실에 쪼그리고 앉아 개미 떼에 집중하고 있었다. 무심코 고개를 들고 개미 떼를 주시하고 있는 엄마의 진지하고도 간절한 눈빛을 보자 문득 상황이 환기되었다. 아, 이게 대체 뭐하는 짓이람. 앞으로는 이탈리아의 남부 해안가가 펼쳐지고 뒤로는 거친 바위산을 휘두르고 있는 이 환상적인 숙소에서 개미 떼와 싸우고 있다니. 그래도 나의 오른팔 한국산 모기향과 나의 왼팔 이탈리아산 빵, 이들의 대활약으로 개미가 조금씩 거실에서 줄어들고 있음을 목도하곤 우리는 환호했다. 거실로 진입하던 길목인 베란다 문 앞에 잔뜩 피워둔 모기향 덕분일까? 개미들은 방향을 우회하여 거실을 빠져나가고 있었다. 그리고 베란다 바깥에 잔뜩 뿌려둔 파이 때문일까? 개미는 빵 쪼가리 주변에 옹기종기 모이기 시작했다. 얼마 지나지 않아 우리는 개미 떼가 물러난 숙소에서 숙면을 취했다.

아직도 잘 모르겠다. 모기향이 개미를 괴롭히긴 한 건지. 당근과 채찍 중에 무엇이 더 먹혔는지. 하지만 나는 모기향을 계속 켜놓았고, 타고 있는 모기향을 보며 안심했다. 가끔 이런 때가 있지 않은가. 배가 아픈데 그 원인을 모르겠는 때 말이다. 많이 먹어서 소화가 안 되는 건지, 감기 끝에 경미한 장염이 온 건지 알 수 없을 때, 그때 만 가지 효력을 가졌다는 배앓이 약을 한 알 삼키고 나면 왠지 나아지는 경험을 하곤 했다. 플라시보 효과일지도 모른다. 알고도 속고 모르고도 속지만 확실히 나를 위로해주고 심지어 고쳐주기까지 하는 약들처럼 말이다.

여행도 가끔은 플라시보 효과를 낸다. 거기 그곳에 간다고 내 생각이 더 잘 정리될 것도 아니며, 그 바다 앞에서 바람을 쐰다고 업무 부담이 사라질 리도 없건만, 그렇게 믿고 싶고 그렇게 믿다 보니 떠나고 또 가끔 그게 이루어진다. 이런 다소 고마운 거짓말이 여행이 갖는 또 하나의 매력일 것이다. 엄마는 가끔 이런 상태를 '완전 퇴근'이라고 불렀다. 그럼 불완전 퇴근이란 뭐지? 한데 여행을 가보면 완전 퇴근이라는 말이 무슨 말인지 알 거 같다. 우린 떠나지 않으면 퇴근할 수 없는, 일상이 근무 상태인, 너무나 발달되고 연결된 사회에 살고 있기 때문이다. 비록 한바탕 개미 떼와 전쟁을 벌이긴 했지만 그때 난 완전 퇴근 상태였다. 머리와 마음을 지배했던 업무도 관계도 계획도 서울 집에 다 두고 왔으므로.

딸랑이가 그리운 설익은 어른에게

시차 적응이 덜 됐는지 잠이 깬 새벽이었다. 해가 빼꼼 고개를 내밀고 바다와 산을 어스름히 비췄다. 포지타노 숙소에는 널따란 테라스가 있었는데 그곳에 서면 숙소를 앞뒤로 휘감은 산이 보였다. 산동네에는 나무가 많았다. 바람을 타고 솔솔 불어오는 나무 내음에 한참 동안이나 테라스에 서 있었다.

나는 작년에 퇴사를 했다. 그리고 완전히 새로운 공부를 시작했다. 잘할 수 있을까. 열심히 하면 잘될 수 있을까. 나는 나

나를 데리고 떠났다

를 책임지고 사는 어른인데 내가 과연 내 한 몸을 넘어서서 미래의 나의 가족과 또 사회를 책임질 수 있는 '어른'이 될 수 있을까. 가만히 서 있으니 이런저런 상념이 스쳐가면서 집에 두고 왔다고 생각했던 불안이 어느새 테라스에 가득했다. 긴장이 됐는지 배가 사르르 아파왔다. 직장을 그만두자고 마음먹었을 때도, 더 이상 아침마다 출근하지 않게 되었을 때도 수없이 결심했다. 불안을 공기처럼 생각하자고. 미래는 보이지 않기에 당연히 불안한 것이니까, 그렇게 불안하게 내버려두자고 아무리 되뇌어도 좀처럼 익숙해지지 않았다. 미래를 통제하는 능력을 바란다는 것은 신의 자리를 넘보는 것이나 마찬가지라고 들었다. 몸도 정신도 약한 인간은 집에서 챙겨온 과민성대장증후군 약을 두 알 삼켰다.

새벽녘의 선선한 바람이 불어왔다. 저 멀리 산 풍경을 바라보던 눈길을 거두어 집 앞에서 자라는 큰 나무를 쳐다봤다. 산에서 불어오는 바람에 나뭇잎이 천천히 흔들렸다. 가만히 바라보고 있자니 마치 나를 위로하는 것 같았다.

'괜찮아. 걱정하지 않아도 돼.'

내 뱃속은 아직도 꾸룩꾸룩거리는데 포지타노의 새벽은 참 고요했다. 가끔 자연은 나를 위로하는 것 같다. 내 속이 시끄러울 때에도 괜찮다고 긴장하지 말라고, 그렇게 토닥거리듯 나뭇잎이 흔들리면 나는 차분해지곤 했다. 신은 어디에나 있을 수 없어서 모두에게 엄마를 허락했다고 한다. 신은 우리 엄마를 통해 머리맡에 딸랑이를 매달아서 나를 달래더니, 이제는 나뭇잎을 춤추게 해서 나를 위로한다.

이런 경치도 참 좋다. 장엄한 경관으로 입이 떡 벌어지게 하거나 위엄 있는 모습으로 압도하는 경치가 아닌, 그런 건 아무래도 다 괜찮다고, 지나고 보면 별일이 아니라고 어르고 달래는, 바람결에 살살 흔들리는 나뭇잎 풍경. 그래서 나이가 들수록 자연의 품이 좋아지는 모양이다. 위로 받을 일들이 많아지면서 그렇게.

나를 데리고 떠났다

그곳에 내가 서 있었으면 좋겠다

　첫날 버스를 찾아 캐리어를 끌고 지나가느라 제대로 눈길조차 주지 못했던 성당이 있었다. 큰 개와 개미를 해결하고 숙면을 취한 아침, 집 앞 산책로를 따라 여유롭게 해안가로 걸어내려가는 길이었다. 가는 도중에 비경이 쏟아진 건 말할 것도 없고 얼마나 많이 멈추어 사진을 찍었는지 10분이면 될 길을 30분도 넘게 걸려 도착했다. 멀리서 보니 마을 한가운데 우아하고 묵직하게 서 있는 성당이 눈에 들어왔다. 첫날 보았던 작은 성당이었다. 가까이 가보니 성당에선 결혼식이 막 진행되려는 참

신부가 입장하는 두근거리던 순간.

이었다. 문 앞에는 뜨거운 햇볕에도 근사하게 수트를 차려입은
노신사와 화동으로 보이는 꼬마, 그리고 그날의 주인공인 신부
가 하얀 드레스를 입고 대기 중이었다. 선홍색 부케를 들고 있
는 어여쁜 신부를 보자 괜한 부러움이 밀려왔다.

"좋겠다……."

나를 데리고 떠났다

햇빛에 반사되어 반짝이는 티아라, 노신사와 꼭 잡은 손. 신부는 살짝 상기된 얼굴로 하늘을 보고 발끝을 보기를 반복했다. 입장할 타이밍이 되었는지 성당 문이 열렸다. 아이가 먼저 뽈뽈 성당 안으로 들어가며 신부가 걸어올 길 위에 꽃잎을 뿌렸다. 성당 좌석에 나란히 앉아 있는 하객들의 모습이 보였다. 그중 가장 뒤쪽에 앉아 있던 백발 할머니의 얼굴이 아직도 눈에 선하다. 고개를 돌려 신부를 바라보는 그녀의 눈에는 사랑이 듬뿍 담겨 있었다. 성당 안은 어둡지만 따뜻했다.

결혼식은 시끌벅적하지 않으면서 우아하고 친밀하고 가족적이었다. 발목을 덮지 않는 미니드레스를 입은 신부 뒤에는 드레스 자락을 들고 달달달 쫓아다니는 헬퍼가 없었다. "입장하실게요, 대기하실게요." 무전기로 진행 상황을 실시간 보고하는 직원들도 없었다. 신부 측과 신랑 측이 인맥 대결을 벌이는 듯한 화환 구도도 없었다. 물론 많은 사람들이 함께하는 결혼식도 그만의 장점이 있을 터였다. 한국식 결혼 문화가 형성된 데도 그만한 이유가 있을 것이므로. 단지 그날은 이탈리아의 작은 결혼식이 참 예뻐 보였다.

포지타노는 경사지에 만들어진 마을이다. 그래서 그런지 출입문을 열면 그 아래로 내려가면서 건물이 시작되는 경우가 많았다. 대문을 열고 밑으로 내려가면 현관에 도착하는 구조로, 재미있게도 대문이 지붕보다 높이 있다. 결혼식이 한창이던 성당 근처에서 늦은 아침을 먹고 아랫마을로 향하는 중에도 그런 재미있는 집들이 내려다보였다. 그때 너무나도 예쁜 장면이 눈길을 끌었다. 잠시 머물러 사진을 찍을 수밖에 없는 이국적인 웨딩 피로연이었다. 좀 전의 커플이었을까? 산책로 바로 앞에 이름 모를 분홍색 꽃이 피어 있고, 그 한 칸 아래 멋진 호텔 테라스가 보이고, 한 손에 와인잔을 든 채 서로 춤을 추며 흔들흔들 파티를 만끽하는 그들의 모습에서 결혼식을 즐기는 사람이 단 두 명만은 아니라는 느낌을 받았다. 인생 절정의 한 순간이 거기 어디쯤 있는 듯했다. 그 모습은 내게 마치 디즈니 만화 속한 장면처럼 꿈결같이 다가왔다. 물감을 풀어놓은 듯 유난히도 파란 바다 위에 붕 떠 있는 듯한 테라스. 평생의 사랑을 서약한 그들의 마음도 이와 같았을까. 사진으로만 남기기엔 아쉬운 마음이 들었다. 이건 아마도 다분히 결혼하고 싶다는 나의 지극히 사적인 바람에서 시작된 큰 감동이 아니었을까. 그렇다. 결혼하고 싶다. 저곳의 저 모습처럼.

나를 데리고 떠났다

재즈와 춤과 와인이 있는 영화 같은 피로연.

그날 밤 포지타노

포지타노에 도착한 다음 날 저녁 우리는 낮에 봐둔 비치 레스토랑에서 저녁을 먹기로 했다. 저녁이 될수록 포지타노는 점점 더 예뻐졌다. 포지타노는 해변에서 산 쪽으로 올려다보는 광경이 근사하다. 해변을 등 뒤로 두고 건물들이 빼곡히 개켜 올려져 있다. 주민들의 집도 여행자들의 호텔도 이 아름다운 경사지를 풍경 중의 풍경으로 만드는 데 일조한다. 뒤를 돌아보면 그란데 해변의 검은빛 모래와 파란색 지중해 바다다.

나를 데리고 떠났다

어쩌면 해변의 낭만은 보라카이나 하와이가 더 나을지도 모른다. 예전에 태국의 한 섬에 갔을 때였다. 바다는 믿을 수 없이 환상적인 청록색이었다. 그 바닷물에 풍덩 들어가는 순간 하늘에서 빗방울이 떨어지는가 싶더니 제법 잔잔히 비가 내렸다. 내 눈과 수평을 이룬 바닷물 위로 수많은 다이아몬드 알맹이들이 토도독 떨어졌다. 하얀 모래, 우거진 야자수, 비 오는 민트빛 바다. 그 풍경이 얼마나 비현실적이었는지.

포지타노의 바다는 그것과는 또 다른 감동이었다. 푸르고 투명한 빛. 마치 지중해의 꼿꼿함을 담은 듯 로열블루색으로 포지타노를 둘러싸고 햇빛에 반짝이고 있었다. 힘이 느껴지는 아름다움이었다.

이미 예견된 감동이었다. 오기 전부터 포지타노의 명성은 익히 들어 알고 있었으니. 인터넷에서도 잡지책에서도 포지타노의 서정적인 풍경을 여러 번 봤고 그때마다 감탄했다. 그럼에도 감동은 여전히 유효했다. 사진 속과 똑같은 풍경 앞에 서서 나는 예상대로 다시 탄성을 내질렀다. 어스름해진 저녁 레스토랑을 찾아가는 골목 역시 생각했던 대로 환상적이었다.

숙소에서 내려가던 길목에 잠깐 멈춰 서 담은 포지타노.

여행자로 보이던 커플은 함께 웃고 맞장
구치며 한참이나 얘기를 나눴다.

가게들의 아기자기한 홍보 표지판.

야경은 어디나 점수를 먹고 들어간다. 밤은 모든 이의 마음을
너그럽게 만들고 어떤 빛이라도 별처럼 반짝이게 하니까. 어느
곳이라도 야경은 늘 빛날 수밖에 없으니 포지타노 야경만이 제
일이라고 말하면 무리가 있으려나. 그렇지만 포지타노를 말하
자면 야경을 떠올릴 수밖에 없다. 커다란 바위에 층층이 별을
박은 것처럼 빛을 내는 노란 전구들에서 멋스러움이 폭발했다.

그날 해변가 바로 앞의 노천카페들은 만석이었다. 월드컵이
한창인 기간이었고, 중요한 축구 경기가 중계되는 시간이었다.
이탈리아에서 축구는 하나의 종교라는 말을 들었는데, 거기에
는 과연 1퍼센트의 과장도 없는 듯했다. TV가 걸려 있는 카페
와 레스토랑은 거의 자리가 꽉 차 있었고, 아쉬운 대로 해변가
에 앉아 핸드폰으로 축구 중계를 보는 사람도 많았다. 레스토

나를 데리고 떠났다

산동네의 한 작은 레스토랑에 손님이 찾아왔다.

포지타노로 향하던 페리 위에서 만난 산동네.

구불구불한 좁은 길이 산 높이까지 이어진다.

랑에서 빈자리를 찾아 서성이는 동안, 축구선수가 일생의 로망인 아빠의 영혼은 이미 TV 안으로 빨려들어가 있었다. 구석에 겨우 자리를 잡고 피자를 시켰다. 어두워진 바다와는 달리 카페 안의 사람들 얼굴은 밝고 들떠 있었다. 작은 공 하나로 이렇게 온 나라, 온 세계가 대동단결하여 즐겁다니. 놀라울 따름이다.

오! 아⋯⋯. 오! 환호와 탄식이 오고 가는 축구 현장에서 나는 TV를 등진 자리에 앉아 피자에 감탄했다. 오! 치즈가 이렇게나 부드럽다니! 아! 도우가 이렇게나 쫄깃하다니! 자극적인 양념 없이도 맛있는 피자를 앞에 두고 TV 속 공놀이에 빠진 인파들이 신기하기만 했다. 선수들의 승패가 본인들의 승패인 양 경기의 작은 움직임에도 여기저기서 탄성이 터져 나왔다. 축구에 영 관심이 없는 나도 우리나라 경기를 볼 때는 TV 앞에 각 잡고 앉아 몰두하곤 한다. 경기가 잘 안 풀릴 때는 차마 보지 못하고 방으로 들어가버리거나 TV를 꺼버리기도 한다. '저게 나랑 무슨 상관이람!' 하면서. 그러나 그건 상관이 있다는 반증이었다. 패배를 인정하고 싶지 않아서 질끈 눈을 감아버리는 것과 같은 행위였으니.

그날 밤의 경기에 관심이 없었던 건 우리나라 팀이 아니었기 때문일 것이다. 축구 자체를 좋아하는 아빠에게는 엄청나게 중요한 경기였지만(아빠는 영국 프리미어리그, 이탈리아 세리에, 스페인 라리가, 독일 분데스리가 등 유럽의 웬만한 리그는 다 섭렵하고 있다), 나에게는 한국이 이기느냐 아니냐만이 중요했다. 축구가 되었든 야구가 되었든 장대높이뛰기가 되었든. 평소에 나는 깨어 있는 글로벌인으로서 다문화적 입장을 견지하는 바이지만, 여행을 와 보면 어쩔 수 없이 네 편, 내 편을 가리는 지극히 국수주의적인 마음이 들 때가 있다. 그날 낮에 한 식당에서 점심을 먹고 있는데 한국인 단체 관광객이 우르르 들어왔다. 괜히 반갑고 기댈 언덕이 생긴 것 같은 든든한 마음에 눈빛 인사를 보냈다. 그리고 그들이 기왕이면 예의 있게 행동했으면, 그래서 주변 외국인들에게 매너 있게 보였으면 하는 마음에 살짝 긴장도 되었다. 그래, 현재 나의 글로벌리즘은 여기까지가 한계인가 보다.

"신은 우리 엄마를 통해 머리맡에 딸랑이를 매달아서

나를 달래더니

이제 나뭇잎을 춤추게 해서 나를 위로하는가 보다."

Chapter 2

아말피

[Amalfi]

어찌어찌 살다 보면

아말피는 소렌토, 포지타노, 프라이아노, 마이오리 같은 해안도시가 모여 있는 이탈리아 남부, 그중에서도 여행자들이 가장 많이 찾는 휴양지다. 도보로 한 시간이면 웬만큼 다 파악이 될 정도로 작은 도시지만, 사실 이곳은 과거 어엿한 아말피 공국이었다. 북쪽으로는 산을, 남쪽으로는 바다를 마주한 절경을 자랑하며, 파스텔톤 옷을 입은 건물들이 골목골목 이어지는 풍경은 모든 곳이 한 장의 엽서다. 이 지역은 레몬이 유명해서 가게마다 레몬사탕과 레몬비누 같은 레몬 제품이 진열대에 넘쳐

난다. 그러나 사랑과 축복만이 넘쳐흐를 것 같은 아말피의 역사는 의외로 다사다난하다. 9세기부터 12세기까지 아말피 공국은 강력한 해양도시로 영광스러운 나날을 보냈으나 이후 수세기 동안 극심한 가난을 겪게 된다. 1131년에는 노르망디에게 정복당하고, 1137년에 다시 한 번 피사에게 약탈당했으며, 1343년에는 해일이 덮쳐 도시가 완전히 파괴됐다.

정복당하고 약탈당한 것도 모자라 재해로 모든 것을 잃었을 테니 당시의 아말피에 희망이 있었을까. 사랑하는 사람을 잃고 삶의 터전마저 없어져버린 이 허망한 현실에 지칠 대로 지쳐버린 사람들에게 아말피는 쳐다도 보기 싫은 끔찍한 장소였을지도 모르겠다. 과연 그때 그 시절의 사람들은 이 땅이 재건될 수 있을 거라고, 그리고 이처럼 사랑스럽게 다시 우뚝 설 거라고 상상이나 했을까. 아말피가 외국의 습격과 자연재해의 희생양이 된 데에는 고립된 지형이라는 이유가 컸다. 그러나 1900년대 초 아말피는 외딴 마을이라는 이유로 여행자에게 주목을 받기 시작한다. 아이러니하게도 아말피를 죽음으로 몰고 갔던 바로 그 지형적 조건이 이번에는 아말피를 살린 셈이 되었다. 1920년대엔 영국의 귀족들이 우아한 휴가를 보내기 위해 아말피를 찾기 시작했고, 1997년 유네스코가 세계유산으로 지정하면서 전 세계 모든 여행자가 꿈꾸는 휴양지로 자리매김하게 되었다.

좁은 골목을 사랑하는 아빠에게 아말피는 탐험의 왕국이었다. 굴처럼 생긴 복도를 따라가다 보면 또 다른 길이 나오고, 계단을 오르면 또 다른 길이 나오고, 여기도 저기도 새로운 길로 안내하는 골목들이 꼬리에 꼬리를 물고 이어졌다. 메인 스트리트에 들어선 지 얼마 안 돼서 아빠는 낡고 가파른 계단을 발견했다. 계단 벽에는 '고대시대 계단'이라고 쓰여 있고 올라가라는 화살표 표시가 붙어 있었다.

"올라가볼까?"

야심차게 물었지만 엄마는 큰길가에 보이는 한적한 카페에 앉아 시간을 보내고 싶다고 말했다. 우리는 계단을 지나쳐 카페로 향했다. 만약 그 계단을 올라갔다면 어떤 동네를 만나게 됐을까? 그 동네가 마음에 들어 거기서 하루를 더 묵게 되었을까? 계단 벽에 렌트하우스 광고가 붙어 있긴 했는데, 그곳으로 갔다면 또 어떤 사람들을 만나게 됐을까? 갈림길에서 계단 길

아말피에는 낡은 계단들이 많다.   올라가보지 못한 그 계단.

을 포기한 덕에 우리는 기가 막힌 레몬셔벗 가게를 발견했고, 공연을 홍보하러 나온 뮤지컬단의 우렁찬 아리아도 들을 수 있었다. 계단 길을 선택했다면 어떤 경험을 했을까 문득 궁금해졌다.

한 치 앞을 예상할 수 없었던 아말피의 역사처럼, 작은 선택 하나로 수십 가지가 바뀌는 여행은 마치 한 사람의 삶과도 같아 보인다. 나는 어쩌다 보니 여행을 다니며 글을 쓰고 있다. 밴드 장기하와 얼굴들의 노래 〈그건 니 생각이고〉의 가사에는 이런 대목이 있다.

이 길이 내 길인 줄 아는 게 아니라
그냥 길이 그냥 거기 있으니까 가는 거야
원래부터 내 길이 있는 게 아니라

가다 보면 어찌어찌 내 길이 되는 거야

어찌어찌 살다 보니 다른 나라에서 살게 되고, 어찌어찌 하다 보니 다른 직업을 갖게 될 수도 있지 않을까. 그렇게 또 어찌어찌 지내다 보니 내가 예상했던 것과는 전혀 다른 인생을 살고 있을지도 모를 일이다. 내가 이 '어찌어찌' 정신을 갖고 모든 가능성에 내 인생을 활짝 열어놓을 수 있을 것인지, 그런 대담한 태도와 열린 마음이 내게 있는지. 아말피의 카페에 앉아 이런저런 상념에 젖어들었다.

최선이 아닌 차선도 충분하다

보통 이탈리아 남부 하면 아말피를, 아말피 하면 드라이브를 떠올린다. 이탈리아로 긴 여행을 다녀온 선배에게 남부로 간다고 하자, 그녀는 단번에 차를 렌트해야 한다고 했다.

"아말피 코스트를 따라서 드라이브를 하는 거야. 구불구불한 절벽 위를 달리면 지중해를 머금은 바람이 뺨을 쓸어내리고……."

나를 데리고 떠났다

다년간의 잡지 경력으로 갈고닦은 선배의 유려한 표현력은 나로 하여금 꿈같은 이미지를 떠올리게 했다. 뚜껑 열린 빨간색 포르쉐를 타고 이름도 모를 해안도로를 달리며 불어오는 바닷바람에 챙 넓은 모자와 머리칼이 휘날리는, 그 달콤한 인생의 한 조각을.

그러나 앞서 말한 것처럼 이런저런 이유로 우리는 렌트를 하지 않았다. 렌트를 한다고 한들 포르쉐를 빌릴 수 있는 형편도 아니었다. 그래도 나는 달려보고 싶었다. 죽기 전에 꼭 네 개의 바퀴 위에 올라타 아말피 해안을 달려봐야 한다. 살레르노에서 포지타노로 향하던 페리 위에서 처음 아말피 해안을 만났을 때도 같은 생각을 했다. 바위 절벽 사이사이에 자리 잡은 파스텔톤 지붕들과 그 가운데 뾰족이 솟아오른 노란 성당, 선탠을 즐기는 여행자들이 모여든 황금빛 모래사장, 크리스털처럼 반짝이는 수면을 이리저리 오가는 하얀 요트들. 배를 타고 바라본 아말피는 그림이 따로 없었는데, 절벽 위에서 바라보면 또 얼마나 환상적일까.

렌트를 하지 않은 여행자는 남부의 해안도시를 이동할 때 시

배 위에서 바라본 아말피의 오후.

타버스를 이용한다. 말하자면 우리의 광역버스다. 떠나오기 전에 꼭 계획한 것은 아니었지만 시타버스가 아말피 해안을 따라 주행한다고 하기에 타보기로 했다. 버스를 타든 자동차를 타든 어차피 달리는 길은 같으니까! 그리하여 우리는 살레르노 기차역 앞에서 시타버스를 타고 아말피로 향했다. 도시를 벗어나자마자 굽이굽이 깎아지른 절벽으로 버스가 들어서는데 예상치 못한 놀라움에 입이 벌어졌다. 첫 번째는 이곳 사람들의 운전 실력이었고, 두 번째는 형용할 수 없는 절벽의 풍광이었다.

큰 차 딱 한 대만 지나가면 좋을 것 같은 좁은 도로는 내려다보기에도 간담이 서늘해지는 절벽을 따라 이어졌다. 더 놀라운 건 이 길이 일방통행이 아니라 왕복 양방 통행이라는 점이었다. 때마침 다른 쪽에서 버스가 오더니 둘은 주춤주춤 거의 이마를 맞대고 거짓말 좀 보태서 종이 한 장 간격으로 스치듯이 지나갔다. 한쪽은 절벽에서 1센티미터, 반대쪽은 옆을 지나는 버스에서 1센티미터. 내 기분이 그랬다. 아마 다른 이들의 기분도 그랬나 보다. 여행자로 보이는 무리가 이제 살았다는 듯이 감격스런 표정으로 박수를 쳤다. 창문 너머로 내려다보니 우리 버스는 절벽가에 설치된 낮은 펜스에서 5센티미터 정도 떨어

져 있었고, 그 절벽 아래로는 낭떠러지였다. 주차 공간이 넉넉
한 비수기에 왔다 한들 챙 넓은 모자를 휘날리며 맘 놓
고 낭만에 젖을 수만은 없을 듯한 무시무시함이 느
껴졌다. 놀랍게도 조금 더 가다 보면 길이
더 좁아졌는데, 여전히 그 길도 양방 통행
이었다. 운전사는 그때마다 미리 클랙슨을
두 번 울렸다. 길이 워낙 꼬불꼬불한 탓에 앞에
서 오는 차가 잘 보이지 않아 클랙슨으로 이쪽
에서 가고 있음을 알리는 것 같았다. 저들은 이
런 식으로 신호를 보내고 주춤거리며 기다려주
었다. 그러면 간신히 한 대가 통과하고 그러면 또
반대편 차가 통과하고……. 아무튼 장관 중에 장
관이었다. 도로가 뻥뻥 뚫린 비수기에 왔더라면 이
런 장관은 못 볼 뻔했다.

도시에서 멀어질수록 점점 더 영화 같은 그림이 펼
쳐졌다. 오른쪽으로는 첩첩 바위산이 하늘을 휘두르
고 왼쪽으로는 푸른 지중해가 거칠 것 없이 펼쳐졌다.
버스 안의 누군가는 창문에 찰싹 달라붙어 지중해와

바위산의 콜라보레이션을 넋 놓고 바라보고 있었고, 누군가는 긴장된 얼굴로 아찔한 해안 낭떠러지를 주춤거리며 엿보고 있었다. 좁고 구불거리는 도로를 따라 버스가 짜릿하게 휙 돌아가면 더 짜릿한 바다 풍경이 나왔다. 깎아지른 절벽 중턱에 도로가 있으니 도로의 아래 지형 역시 깎아지른 듯 가파른 땅이었다. 도로에서 바다 쪽으로 내려가는 좁은 계단이 보이고 그 끝에는 드문드문 집들이 있었다. 어떤 집은 파도가 크게 철썩이면 떠밀려갈 것처럼 바다와 가까웠다. 한 외딴 빌라에는 주차가 되어 있었는데, 자세히 보니 가파른 산을 관통하는 가느다란 길이 큰 도로까지 이어져 있었다. 바다 위에 솟아올라 있는 듯한 호텔 주변에는 바다와 바위, 산과 나무 외에는 아무것도 없었다. 가끔 망망대해 위로 깃발을 단 작은 요트가 지나가곤 했고, 몇몇 용감한 여행자들이 바다 위에 떠 있기도 했다. 해안이 움푹 들어온 경사진 절벽의 계단식 과수원에는 향기로운 레몬나무가 빽빽이 자라고 있었다. 어젯밤 마셨던 알딸딸한 레몬첼로, 한쪽 눈을 찡긋 감게 되는 상큼한 레몬 아이스크림과 레몬수도 여기서 재배한 신선한 레몬으로 만들었으리라. 마음 가득 싱그러움이 차올랐다.

나를 데리고 떠났다

아말피로 가는 길에 마주친 바위 위의 마을.

돌아오는 길에도 우리는 시타버스를 탔다. 다시 한 번 보아
도 여전히 아름답던 그 광경을 눈에 가득가득 담으며 생각했다.
최선이 아닌 차선도 충분히 아름답다고. 나는 가장 완벽한 조
건 아래 가장 완벽하게 연출된 장면에서는 가능한 한 아주 조
금만 영향을 받고 싶어진다. 물론 그 장면을 상상하며 설렐 수
있고, 언젠간 이루겠다는 각오로 버킷리스트에 추가할 수도 있
고, 내 인생으로 가져오기 위해 적금을 넣을 수도 있다. 그러나
딱 그렇게만 활용하는 거다. 그 장면만이 그 순간 거기서 가질

수 있는 유일한 최선은 아니라는 사실을 잊지 말아야 한다. 죽기 전에 가봐야 할 드라이브 코스를 뚜껑 열린 포르쉐를 타고 챙 넓은 모자를 한 손으로 끌어당기며 사랑하는 연인과 함께 달려야만 나의 기대를 완벽하게 채우는 것이 아니었던 것처럼.

나는 그날의 그 장면이 참 좋다. 각국의 여행자가 어우러진 저렴한 시타버스와 아슬아슬한 운전과 더 아슬아슬한 절벽 풍경. 내가 이전에 꿈꾸어왔던 완벽한 드라이빙은 이런 식으로 각색되었지만, 어쨌든 내 삶에서 현실로 이루어졌다는 것이 중요하지 않나. 누군가에게 듣고 어디에선가 본 장면을 반드시 경험해야 한다고 고집을 부렸다면 나는 그날 그 짜릿한 느낌을 놓쳤을 것이다. 누군가의 인생에 있는 그 그림보다 내 인생의 이 그림이 더 좋다. 포지타노에서 샀던 레몬사탕 봉지에서 마지막 사탕을 꺼내 먹으며, 이 순간 내 인생의 달콤한 한 조각을 마음껏 즐겼다.

나를 데리고 떠났다

어떻게 살면 행복할까

'어떻게 살면 행복할까'라는 질문이 당최 해결이 안 돼서 여행을 시작했다. 세상 속 다양한 삶의 모습을 모으다 보면 '행복한 삶의 공식'까지는 아니더라도 기본요소 정도는 발견할 수 있지 않을까 하는 소망을 가지고서.

어떤 도시에 도착하면 중심가는 쓱 한번 돌아보고 샛길로 빠지는 편이다. 좁은 골목으로, 허름한 가게로, 이런저런 길에 접어들 때 그곳에 사는 사람들과 눈을 맞추고 생각을 나누는 일이

절벽 아래에서 천천히 헤엄치는 이들이 부럽다.

많아지는 법이니까. 그래서 내가 걷던 그곳도 정확하게 어디인지는 모르겠다. 아말피의 토요일 오후, 인적이 드문 길을 따라 하염없이 걷다가 절벽 아래 수영하는 사람들을 발견했다. 바람 한 점 없이 작렬하는 태양이 무색할 만큼 평화로운 몸짓과 얼굴들. 주말이면 유네스코 세계유산으로 지정된 아말피 해안 위를 둥둥 떠다닐 수 있는 저들의 삶은 어떤 모습일까?

첫 성당, 첫 감동

성당에 가보자고 한 건 엄마였다. 아빠는 대체로 목적지를 정하지 않고 여기저기 배회하는 스타일이다. 늘 자유를 갈망하는 아빠는 여행하는 방법에서도 자유를 추구하는 것 같다. 대체로 꼭 봐야 할 것도 없고 꼭 먹어야 할 것도 없다. 그저 걷다가 흥미가 생기면 보고, 입맛이 당기면 먹는다. 아빠는 길을 걷다 좁은 길이 나오면 여기 재미있겠는데 들어가보자, 라고 한다. 엄마는 답답하니 큰길로 가자고 한다. 아빠는 세월이 묻어 자연스럽게 흘러내린 담쟁이넝쿨을 보면서 이런 게 멋이라고

나를 데리고 떠났다

한다. 엄마는 넝쿨 뒤에 있는, 세월의 흔적에 따라 갈변된 벽돌 벽이 더 멋있다고 한다. 아빠가 이 그림 저 그림 쳐다보며 구도가 어떻고 색감이 어떻고 열심히 구경하는 사이에 엄마는 자질구레하게 쇼핑할 거 없다며 밖에서 기다린다. 엄마는 밤 9시에 광장에 나가 앉아 있고 싶어하고, 아빠는 좁은 골목골목을 쏘다니고 싶어한다. 아빠가 "재미있지 않아?"라고 말하는 것마다 엄마는 최선을 다해서 예의 바르게 관심을 보여주지만 전혀 재미있어 하지 않는 표정이다. 그런데 이 둘은 같이 계획을 세우고 같이 잘만 다닌다. 실로 놀라운 일이다. 의견이 곧잘 엇갈리는데도 30년을 잘 살고 있는 건 나에겐 일종의 희망과도 같다. 내가 꼭 남편에게 맞춰야 한다든가 남편이 나에게 맞춰야만 한다면 결혼생활이란 피곤할 것 같으니까. 사실 우리는 의견을 하나로 모아야 된다는 교훈을 되새기며 살아왔다. 그런데 두 사람은 의견이 다를 때가 더 많고 그 의견의 색깔도 분명하다. 30년을 살아도 여간해선 하나로 모아지지 않는다. 하지만 잘 싸우지도 않고 아직도 서로가 서로에게 최고의 친구란다. 글쎄, 비결은 잘 모르겠다.

아말피에 도착했을 때도 같은 현상이 일어났다. 아빠는 발

길 닿는 대로 골목으로 향했고 엄마는 곧바로 목적지를 정했다. 꼭 골목으로 먼저 걸어들어가는 건 아빠다. 아빠가 몇 걸음 앞서가면 절대 그대로 따라가지 않는 엄마가 골목 입구에서 걸음을 멈춘다.

"난 여기 가기 싫어."

앞서 걷던 아빠가 돌아보며 묻는다.

"그럼 어디 갈래?"

그러면 엄마는 정확한 목적지를 말한다.

"저기에 성당이 있다고 들었어. 거기 가볼래."

그럼 아빠는 또 열심히 지도를 펴고 하늘 한 번 거리 한 번 지도 한 번 들여다보고 기가 막히게 가는 길을 찾아낸다. 그렇게 우리는 성당에 도착했다. 수십 개의 계단 위에 서서 바라본 성당의 인상은 전형적인 유럽의 성당과는 조금 달랐다. 성 안

나를 데리고 떠났다

드레아 성당은 9세기에 만들어졌지만, 11세기에 웅장한 청동 문이 만들어지고 12세기에 다시 정면에 모자이크 장식이 추가되었다고 한다. 설명으로는 랑고바르드 노르만 양식과 바로크 양식이라는 전혀 다른 두 양식으로 지어져 독특하다고 하는데, 사실 이 양식과 저 양식의 차이가 뭔지 잘 모르겠다. 하지만 커다란 청동 문과 어지러울 만큼 화려한 모자이크 장식에서 확실히 오묘한 시너지가 느껴졌다.

내부는 아기자기했다. 예수의 열두 제자 중 하나인 베드로의 동생 성 안드레아의 유해가 안치되어 있는 지하는 금빛 문양과 조각으로 꾸며져 곳곳에서 아말피 해운공화국의 재력과 힘이 엿보였다. 그러나 전체 규모는 그리 크지 않았고, 여행자들도 다른 관광지의 유명한 성당만큼 많지 않았다. 이런 예가 적합할지 모르지만, 눈이 소복이 내린 겨울날 배가 출출해지는 저녁 무렵 실한 고구마 두 개를 따끈하게 구워서 잘 익은 김장김치와 먹는 걸 상상해보라. 비록 유명 파티쉐가 만들었다는 조각 케이크를 대할 때의 환대는 못 받을지라도 고구마의 맛 자체는 환상적이지 않나. 내게 성 안드레아 성당이 그랬다. 바티칸 성 베드로 성당까지 가지 않더라도, 베네치아 산타루치아 대성당이

성 안드레아 성당의 입구.

벽은 화려한 무늬로 빈틈없이 채워져 있다.

몇몇 이들이 기도를 드리고 있는 예배당.

나 피렌체 두오모에 비해서도 아말피의 성당은 작았다. 하지만 그곳은 우리의 감동이 시작되기에 충분했다. 엄마와 아빠에겐 유럽 땅에서 발을 디뎌보는 첫 성당이었다. 자칫 흘려버릴 수 있었던 감동을 잘 챙겨 받았다는 점에서 무척 기분이 좋았다.

로마와 베네치아에서도 동네의 작은 성당이 보이면 들어가 보곤 했다. 한번은 감사하게도 저녁 미사 시간이었다. 우리는 잠시 서서 경건한 마음으로 그들의 미사에 참여했다. 작은 성당은 그만이 가진 매력이 있었다. 관광지로서가 아닌, 신이 머무르고 사람들의 기도가 드려지는 도시의 수호성 같은 곳. 그들의 생활 속 성당을 들여다보고 그 성당에 앉아 있는 경험에는 수많은 여행자가 환호하는 거대한 성당이 줄 수 없는 포근한 감동이 있었다. 마치 겨울날의 고구마처럼.

성 안드레아 성당의 예배당에도 몇몇 사람이 눈에 띄었다. 눈이 푸른 아저씨는 예배당 뒤에 서서 십자가를 바라보고 있었고, 머리가 하얀 할머니는 성수에 손을 적시고 있었다. 나는 예배당 끝 쪽의 십자가가 보이는 자리에 가만히 앉아보았다. 내 앞에는 금발머리의 젊은 여자가 두 손을 꼭 모으고 기도를 하고 있었다. 나와 나이가 비슷해 보이는데 어떤 일로 평일 낮에 홀로 십자가 앞에 나오게 된 걸까. 그녀의 두 손에는 어떤 소원이 담겨 있을까. 그녀는 내가 떠날 때까지도 계속해서 무언가를 간절히 빌고 있었다. 성당에 앉아 있던 잠깐의 시간 동안 나는 그녀를 따라 가만히 손을 모으고 기도했다. 이름 모를 여인의 간절한 바람이 꼭 하늘에 가닿기를 바라면서.

수영하기에 적절한 몸

"그럼 수영은 어때?"
"수영을 위한 몸이 준비가 안 됐어."

나는 운동이 싫다. 건강에 적신호가 켜졌을 때 찾아갔던 헬스장에서 나의 상태를 체크해준 퍼스널 트레이너는 나의 몸을 '순두부'라고 평가했다. 말랑말랑한 몸을 탄탄하게 만들기 위해 헬스, 요가, 필라테스, 락 클라이밍, 심지어는 폴댄스까지 도전해봤지만 이거다 싶은 운동을 찾지 못했다. 나의 물렁한 몸을 걱정하던 친구는 새로운 대체방안으로 수영을 권했다. 나는 수영을 좋아하는 편이다. 어렸을 적 나름 수영 전문학원에서 체계적인 강습을 받기도 했고, 수영장에 풀어놓으면 반나절 정도는 재미있게 보낸다. 관절에 무리가 가지도 않고, 땀을 바로바로 식혀주는 수영은 나와 여러모로 잘 맞는 운동이다. 그런데 수영에는 엄청난 장애물이 하나 있다. 복장이다. 수영장에 가보면 왜 그리 준비된 몸매들이 많은지. 수영복을 입기 위해서는 몸을 만들어야 한다. 한데 몸을 만들려면 수영을 해야 한다. 이 딜레마를 극복하지 못해서 아직도 수영을 시작하지 못했다.

아말피 해안에는 많은 사람들이 해수욕을 즐기고 있었다. 간신히 몸을 가리는 끈 비키니, 속옷 없이 걸친 할랑한 민소매 옷. 복장도 체형도 다양했다. 청년이건 중년이건 노인이건 다들 몸이 얼마나 드러나는지에 대해서는 별 상관을 하지 않는 것 같았다. 뱃살이 출렁거리든 셀룰라이트가 보이든 말든, 겨드랑이 털을 밀었든 안 밀었든 그들은 활기차게 모래사장을 뛰어다니고 절벽에 올라 소리를 지르며 바다로 뛰어들었다.

우리는 상황에 맞는 적절한 몸이 있다고 생각하며 사는 것 같다. 비키니를 입을 수 있는 몸, 민소매를 입을 수 있는 몸, 심지어 연애를 할 수 있는 몸, 취업이 될 만한 몸까지. 몸이 뒷받침되지 않으면 목표한 걸 얻을 자격이 없다고. 언제부터인지 모르겠다. 우리 엄마 아빠도 그렇게 가르친 적은 없으니까. 그렇지 않은가. 아무도 우리에게 그런 '적절한 몸'에 대해 가르치지 않았다. 그런데 우린 어디서 보고 듣고 배우고 받아들였을까.

좋아 보였다. 부러웠다. 몸이 준비되면 입겠다고 사서는 장롱에 고이 봉인해둔 나의 파랑 수영복이 떠올랐다. 한번 입고 나와나 볼걸.

여행지에서 흔히 느끼는 감정이다. 그들에게서 풍기는 필요 이상으로 당당한 자신감. 그런 걸 높은 자존감이라고 부르는 걸까. 갑자기 진부하고도 뻔한 진실, 자존감이 나를 만든다는 이야기가 떠올랐다. 나 자신에 대한 확신과 자신감은 행동을 바꾸고 말투를 바꾸고, 그게 다시 사람들이 나를 보는 시선을 바꾸고, 그게 다시 또 나의 확신을 키우는 선순환이 이루어지고, 그 가운데 누군가는 그런 나를 보며 용기를 얻을지도 모른

아말피 해안의 알록달록한 선베드.

다. 지금 내가 이들을 보며 도전해보자, 각오를 다지는 것처럼.

　나는 생각했다. 집으로 돌아가면 수영을 해보리라. 장롱에서
파란색 수영복을 꺼내어 입고 당당하게 풀장에 입장해보리라.
어쩌면 아무도 나를 주목하지 않을지도 모른다. 내 안에 있는
두려움과 불만족이 나에게 적절하지 않다고 소리쳤던 주범일
지도 모른다. 내가 수영장에 들어갔을 때 혹은 수영장에 다닌
다는 얘기를 들었을 때, 누군가 나를 보며 장롱에 처박아두었
던 그만의 수영복을 꺼내게 됐으면. 또 누군가는 마음에 봉인
해두었던 도전을 현실로 꺼내게 됐으면.

"포지타노에서 샀던 레몬사탕 봉지에서

마지막 사탕을 꺼내 먹으며,

이 순간 내 인생의 달콤한 한 조각을 마음껏 즐겼다."

Chapter 3

살레르노

[Salerno]

SHOPPING STREET

SALERNO STATION

GRAN CAFFE CANASTA

BEACHSIDES WALKING STREET

FERRY TERMINAL

MERCATO RIONALE
SALERNO CAMINE MARKET

TO AMALFI

FISH   BREAD

Salerno

시간에 초조해하지 않기

살레르노에서 1박을 할 예정은 없었다. 살레르노를 여행해야겠다는 생각은 더더욱 없었다. 기차 시간과 페리 시간, 이동 경로 등 여러 조건들이 우리를 이곳에서 하루 동안 묵어가게 만들었다. 단지 아말피 해안으로 가기 위해 어쩔 수 없이 1박을 해야 하는, 다소 귀찮고 성가신 마음이었다.

살레르노에서 과연 무엇을 해야 할까. 두 가지 중에 하나를 선택해야 했다. 하루를 효과적으로 보내기 위해 바짝 정보를 뒤져서 계획을 세우거나, 여기는 단지 잠깐 거쳐 지나가는 곳일 뿐이므로 그냥 되는대로 하루를 흘려보내거나.

정보를 찾아보니 이탈리아의 다른 유적지 도시들이나 아름다운 아말피 해안에 비하면, 눈에 불을 켜고 가서 봐야 할 곳은 없다는 걸 알게 되었다. 그렇다고 눈 떠지는 시간에 일어나서 움직여지는 대로 시간을 보내자니 열흘 중 하루가 날아간다는 사실에, 솔직히 말해서 그다지 여유를 부릴 수 있을 것 같지도 않았다. 누구라도 그러지 않을까. 한국의 직장인 가운데 열흘을 휴가 내서 유럽 오는 게 쉬운 사람이 몇이나 될까. 그 소중한 하루를 침대 위에서 뒹굴며 보낸다는 건 보통 고통스러운 일이 아닐 것이다. 이것은 느긋하게 진정한 휴식을 만끽하는 것과도 사뭇 다르기 때문에. 그런 건 여행 기간이 적어도 한 달은 되어야 생기는 여유일 거다. 그래서 나는 제3의 대안을 찾아냈다. 그냥 그곳을 하루 살기로.

시간에 얽매이지 않아야 한다는 강연을 들은 적이 있다. 숫자로 정의되는 시간은 3차원의 인간이 만들어낸 환상에 불과하다는 이유에서였다. 그런데 사실 인간은 시간개념을 인지할

나를 데리고 떠났다

평범한 평일 6시의 살레르노.

수밖에 없는 존재가 아닐까. 인간이란 관계를 맺고 사는 사회적 동물이자 유한한 존재이니까. 나보다 앞서가는 사람과 뒤따라오는 사람 사이에서 사람들은 누가 가르치지 않아도 세월이 가고 있음을 자연스럽게 안다. 그 많은 정보가 쌓이고 쌓여서 역사 속의 한 사람으로서 자기를 인식하게 된 것이다. 그러니까 누가 가르쳐서라기보다, 어딘가에 속고 있다기보다 인간은 단어로 정의내리지 않더라도 시간이라는 개념에 대해 기본적인 인식을 다 가지고 있지 않았을까. 아주 옛날엔 어땠을까. 어두워지면 보이지 않으니 잠을 잤을 것이고, 해가 떠서 환해지면 잠에서 깨어나 몸을 움직이다가 다시 해가 지면 잠을 잤을 것이다. 이렇게 해가 뜨고 지는 걸 무수히 바라보며 하루라는 개념을 배웠을 것이다. 어차피 '때'에 따라 살 수밖에 없으니 살기 좋게 도와주고자 만든 것이 시계일 것이고.

그래서 나는 하루라는 제한된 시간을 의식하면서 동네 마트로 뛰어나갔다. 길을 오가는 사람들의 표정을 보기도 하고, 무슨 가게에 사람들이 많이 모여드는지도 눈여겨보았다. 나는 관광객이라기보다 그곳에 살고 있는 주민이었다. 비록 하루지만.

나를 데리고 떠났다

우리는 의외로 '때'에 따라 야무진 하루를 보냈다. 직장인이 출퇴근하는 버스 정거장과 기차역에서, 학생들이 돌아다니는 학교 근처 길목에서, 주부들이 오고 가는 동네 슈퍼에서. 매우 만족스럽게.

이탈리아어를 천천히 말해주는 친절

　살레르노 숙소에 갔을 때 귀여운 아줌마가 있었다. 여행 출발 전 한국에서 예약을 할 때부터 아줌마와 나는 죽이 잘 맞았다. 메시지를 보내면 즉각 친절한 답장이 왔고 게다가 영어도 유창해 모든 것이 일사천리였다. 아줌마를 떠올리며 숙소를 찾아가자니 기분까지 좋아졌다. 드디어 숙소 문을 열고 들어서자 160센티미터도 안 되는, 내 품에도 쏙 들어올 것 같은 아담한 이탈리아 아줌마가 나타났다.

"차오!"

역시. 이탈리아에선 이탈리아 인사말이 좋지.

"차오!"

나도 외쳤다. 이다음부터가 문제였다. 그녀는 친절하게도 이탈리아어로 아주 천천히 내게 말을 건넸다. 이해하겠느냐는 눈빛을 가득 담아서. 아줌마의 노력에 당황스러웠지만 애써 감추고 매우 집중해서 귀를 기울였다. 그러나 하나도 알아들을 수가 없었다. 프랑스어와 비슷한 몇 개의 단어가 드문드문 들리긴 했지만. 우리는 어이없는 얼굴로 서로를 쳐다봤다. 도대체 난 누구와 예약 절차를 밟았단 말인가. 그가 주인이건 아니건 상관이 없다. 지금 우리 가족은 아줌마가 설명하는 말을 알아듣지 못하면 방을 찾아갈 수도, 문을 열 수도 없는 상황이었다. 나는 얼굴 가득 만면의 미소를 띠고 모르겠다며 고개를 가로저었다. 그러자 다시 한 번 설명하겠다는 식으로 '오!', 알겠다는 식으로 '끄덕', 그리고 걱정하지 말라는 의미의 표정이 오고 갔다. 그러더니 아줌마는 심기일전하여 다시 내게 말했다. 더 느릿느릿 또박또박 완벽한 이탈리아어로. 우리 가족 모두 아줌마의 저 단호함에 놀랐다. 한 마디를 끝낼 때마다 아줌마는 나를 보며 알겠느냐는 표정을 지었다. 마치 '이 정도면 충분히 알아들을 수 있겠지?'라고 생각하는 듯했다.

아줌마는 늘 이런 식으로 설명을 해왔을까? 세계 각지에서 온 여행자들에게 천천히 또박또박 이탈리아어를 써가며 안내를 했을까? 투숙 후기에 다양한 언어로 꽤나 높은 평점이 매겨져 있던 걸 보면 그랬던 것 같다. 그래서 아줌마는 이탈리아어 외에는 다른 언어를 배울 생각을 하지 않았나 보다. 놀라운 일이다. 따뜻한 미소와 친절한 태도만으로 누구와도 다 통할 수 있었다는 말일 것이다. 사실 나도 그랬다. 그녀의 이탈리아어는 불편하지 않았고 그 숙소를 떠날 때까지 의사소통에는 아무 문제가 없었다. 언어가 다르다는 것은 여행에 있어서 중요한 문제이기는 하다. 하지만 언어가 다른 것이 서로 통하지 않는다는 의미는 아니다. 우리 외할머니가 나의 서양 친구를 만났을 때도 그랬다. "으응, 바압, 머억어었어?" 할머니는 친구의 등을 토닥이며 느린 한국말로 안부를 물었다. 그러자 친구가 내 쪽을 쳐다보며 말했다. "잘 왔다고 얘기해주시는 것 같은데, 맞지?"

아줌마와 나는 서로 눈을 마주친 채 손가락으로 물건을 가리키며 이탈리아어로 얘기했다. 그리고 바로 알아들었다. 아줌마 입에서 나오는 그 발음들이 가리킨 건 첫 번째는 열쇠, 두 번째는 빵, 세 번째는 여분의 비누였다. 나의 한국어 터득 과정 또한 이와 같지 않았겠는가. 다 통하게 되어 있다. 마치 이탈리아어를 배우는 아기가 된 기분이었다.

어제 떠난 자들이 두고 간 선물

　우리는 줄곧 냉장고와 주방기구가 있는 에어비앤비에서 묵었다. 아침마다 국과 쌀밥을 먹어야만 하는 아빠 덕분에 우리는 늘 주방을 십분 활용했다. 새로운 숙소에 도착하면 가장 먼저 주방을 살폈다. 국을 끓일 냄비는 있는지, 반찬과 밥을 담을 그릇은 충분한지. 살레르노의 숙소에 도착해서도 주방부터 탐색했다. 먼저 냉장고 문을 열어보았다. 당연히 텅 비어 있을 줄 알았던 냉동실 칸에 파지올리니fagiolini 반 봉지가 남아 있었다. 앗, 이것은 프랑스에서 지낼 때 즐겨 먹던 채소가 아닌가. 냉동

　　　　　　　나를 데리고 떠났다

이긴 해도 올리브오일에 소금을 살살 뿌려주며 볶으면 풍미가 훌륭한 반찬이 된다. 참나물이 그리울 때마다 마트에서 이 강낭콩 채소를 사와서 밥에 얹어 먹곤 했다. 내가 찾아낸 유럽식 나물이랄까. 며칠 연속으로 캔 김치와 햇반, 레토르트 찌개로 구성된 아침을 먹어온 상황에서 추억을 품은 파지올리니는 너무나 신선한 반찬이었다. 아마도 전날 묵었던 사람들이 놓고 갔을 것이다. 다음 날 들어오는 사람에게 주는 선물로. 쓰고 남겨두고 간 일회용 올리브오일도 두어 개 있었고 뜯지 않은 우유도 한 팩 남아 있었다. 그때 먹었던 채소, 그때 먹었던 올리브오일, 그때 먹었던 우유. 외롭고 짠내 나던 유학시절이 떠올랐다.

물론 근처 슈퍼에 가면 이런 것들이야 쉽게 살 수 있을 터였다. 만 원도 안 되는 돈으로 모두 살 수 있을 정도로 저렴하게. 하지만 낯선 도시의 슈퍼를 찾아가는 것도 귀찮은 일인 데다 고되고 다리도 아픈 우리에게는 떠난 자들이 두고 간 약간의 먹거리가 더없이 반갑고 재미난 선물이 되었다. 살레르노로 오기 위해 새벽부터 길을 나선 우리는 부랴부랴 아침을 차렸다. 어제, 그저께와 똑같은 아침 메뉴를 펼쳐놓고 오늘의 선물인 새로운 반찬을 더해놓으니 이제야 조금 이탈리아 조식 같았다.

소소하게 즐거웠던 이날 아침의 기억 때문에 베네치아에서도 기어이 마트에서 파지올리니를 사와 똑같이 조리해 먹었다. 풍미 좋은 올리브오일에 볶은 파지올리니 한 접시와 고소한 우유 한 컵. 한국에 돌아와서는 집 근처 대형마트에서 파지올리니를 듬뿍 사다 놓았다. 살레르노의 그 아침을 그리워하면서.

나를 데리고 떠났다

'적당'의 기준에 대하여

포지타노, 아말피와 마찬가지로 살레르노에서도 주차는 전쟁이었다. 오래된 도시가 많은 이탈리아. 고대로 돌아온 듯한 그 멋진 모습에 전 세계인들이 그렇게도 여행을 오는 것이리라. 그러나 고대도시들의 도로는 좁았다. 돌바닥은 울퉁불퉁한데 공간은 좁고 서울처럼 높은 주차 건물이 있는 것도 아니었다. '교통체증'이나 '주차난' 같은 단어를 이탈리아에서 떠올릴 거라곤 상상도 못했는데, 지금까지 방문한 세 도시의 공통점을 하나만 꼽으라면 전쟁 같은 주차 문제였다. 로마나 피렌체 등 이탈리아를 대표하는 도시들의 상황도 크게 다르지 않았다. 그래서 그런지 매우 깜찍하게 느껴지는 조그마한 2인용 소형차가 이곳에서는 흔했다. 좁은 도로에 주차하기엔 이 정도가 딱 알맞으니까.

숙소 앞 골목에도 차들은 빼곡하게 주차되어 있었다. 한 대 뒤에 한 대, 그 뒤에 또 한 대. 그 뒤에, 뒤에, 뒤에도. 빈 공간이라고는 보이지 않는 그 길엔 차가 정말 많았다. 식당을 찾아나선 우리는 해안가로도 나가보았고 쇼핑거리로도 가보았지만 모든 길가는 주차된 차로 메워져 있었다. 그 광경을 보고 있자니 주차할 자리를 찾으려면 평일 낮에도 뺑뺑이를 돌아야 하는 우리 집 근처 상가가 생각났다. 이탈리아 남부 도시와 한국의 작은 동네 사이의 연결점을 찾았다는 소소한 즐거움이 차오르는데, 문득 주차된 차들의 간격이 눈에 들어왔다. 여기저기 둘러봐도 모든 차들이 상식적으로 세울 수 없을 것만 같은 간격으로 붙어 있었다. 아빠의 주차 실력은 우리 식구 사이에선 정평이 나 있었다. 가끔 엄마는 아빠가 주차시킨 모습을 보고 "차를 접어 개켜둔다"라고 표현할 정도다. 그런 아빠도 살레르노의 주차 풍경 앞에선 이렇게 평했다.

"저건 좀 신기에 가깝다."

그래서 생각했다. 아, 이건 아침 일찍 출근한 차량부터 한 대씩 줄 지어 붙여 세운 차들인가 보다. 그렇게 생각하니 조금 이해가 되었다. 차를 뺄 때도 다 같은 시간에 일제히 움직이는 문화를 가지고 있는 걸까. 가장 마지막에 주차한 차가 먼저 나가고 그다음 차량순으로 한 대씩 차례로 빠져나가는 식으로? 그런데 그게 말이 되나? 어떻게 모든 사람이 같은 시간에 일제히 움직여서 차를 넣고 뺀단 말인가?

이해되지 않는 상황에 대해 우리 가족은 열띤 토론을 벌이다, 다시 정신을 차리고 뭘 주문할 건지 얘기하고 있었다. 그때 우리 모두를 충격에 휩싸이게 한 장면이 눈앞에서 펼쳐졌다. 앞뒤 가히 10센티미터나 되나 싶은 간격으로 세워져 있는 차들 중 하나가 앞으로 감기, 뒤로 감기를 몇 차례 하더니 쏙 빠져나가는 것이 아닌가.

"어?"

말문이 막힌 우리가 시선을 거두기도 전에, 기다렸다는 듯 비슷한 차 한 대가 굴러오더니 뒤로 넣고 앞으로 넣고를 몇 차례 반복하곤 그 자리에 쏙 집어넣었다. 정녕 눈앞에서 마술을 본 듯했다. 앞뒤 차를 일절 건드리지 않는 그 놀라운 운전 감각이 이곳에선 흔한 일인가 보았다. 그동안 운전 좀 한다고 자부하던 아빠도 이탈리아인들의 운전 솜씨에는 혀를 내둘렀다.

"여기선 차 못 끌고 다니겠네."

그러고 보면 포지타노나 아말피, 그리고 이곳 살레르노에서도 차들이 참 작았다. 우리나라 경차의 반 토막쯤 돼 보이는 2인용 차량이 자주 보였고, 3000cc 혹은 그 이상 되는 중형차는 정말 드물었다. 여기 사람들은 깜찍한 차를 선호하는군, 하고 생각했었는데, 아마 주차 때문이었나 보다. 서울이나 수도권도 꽤나 박 터지는 주차난을 겪고 있지만 이탈리아 남부보다는 큼직한 차들이 많이 다닌다.

솔직히 나도 큰 차를 좋아한다. 현실적으론 오래된 경차 한 대 없는 데다 동네 길도 두 눈 부릅뜨고 어깨에 잔뜩 힘준 채 운전하는 초보 운전자지만, 마음만은 아우토반을 질주하는 슈퍼카 드라이버다. 서울에서 내 앞을 지나가는 큰 세단을 볼 때면 언제나 심장이 뛰었다. 언제쯤 적금 넣어서 저런 걸 가질 수 있을까. 크고 묵직한 차는 나의 로망이었다. 그런데 여기서 자그마한 주차 공간을 보고 있자니 큰 차는 왠지 애물단지가 될 것 같았다. 주차된 차들 여기저기에 긁힌 상처가 많았다. 이곳의 주차 풍경을 보고 있자니, 큰 차를 좁은 주차 공간에 밀어넣으려고 아등바등하며 식은땀을 흘리고, 좁디좁은 골목에서 반대편 차량과 맞닥뜨려 난감해하는 내 모습이 저절로 그려졌다. 이 정도면 확실히 애물단지잖아? 점점 차라는 것이 실용적인 물건으로 여겨졌다. 큰 차는 여러 가지로 매력이 떨어져 보였다. 인간은 누구나 상황에 적응하기 마련인가 보다. 여기 온 지 며칠이나 됐다고 그새 가지고 싶은 차 혹은 차에 대한 기준 같은 것이 사뭇 달라지는지……. 여기선 이것이 좋아 보였는데, 저기선 다른 게 적절해 보인다. 기준이란 여러 가지로 애매하다. 삶의 모든 것이 다 이와 같을 거라는 생각이 들었다.

그럼 적당하다고 느끼는 건 어떤 걸까. '적당'이란 뭘까? 어떤 상황, 어떤 시간, 어떤 장소냐에 따라 혹은 내가 어떤 입장이냐에 따라 '적당'의 기준이란 매우 가변적이다. 따라서 누구의 기준도 대놓고 뭐라고 할 일은 아닌 것 같다.

이렇게 정리하고 보니 생각과 마음이 조금 더 넓어지는 듯한 기분이 들었다. 나도 지금과 다른 장소, 다른 상황에 있다면 또 다른 기준으로 생각하고 얘기하며 살아가겠지. 종종 나는 이런 말을 한다. "이만하면 됐겠지?", "이 정도면 적당할 거야." 혹시 내가 이 말에 갇혀버리지는 않았을까? 아니면 누군가를 가두어버리지는 않았을까. 차라리 그 말보단 "지금은 이게 좋다"는 말로 바꾸어 쓰고 싶다. 사실 정말 '지금은' 이게 좋은 거니까. 신의 경지에 오른 일렬주차를 바라보며 나에 대한 이런저런 성찰과 반성이 이어졌다.

"다 통하게 되어 있다.
마치 이탈리아어를 배우는 아기가 된 기분이었다."

Chapter 4

베네치아

[V e n e z i a]

유리 굽는 섬

　도시 여행을 하다 보면 유독 사람들이 많이 모이는 명소가 있기 마련이다. 대부분의 여행자들은 명소부터 찾아가곤 하니, 유명 관광지는 연일 사람들로 북적인다. 보통은 그곳에 도착하거나 가까워질 무렵 탄성을 지를 만한 풍경을 만나게 된다. 하지만 가끔 예외도 있다. 눈을 두는 모든 곳이 명소가 되고, 지나가는 모든 풍경이 탄성을 자아내는 그런 도시 말이다. 베네치아가 그랬다. 20대 초반, 12월의 겨울밤, 베네치아 산타루치아역에서 나오자마자 마주친 도시는 아름다움 그 자체였다. 달이

환한 밤하늘 아래 벽돌로 지어진 집들에서 새어나오는 노란 등불이 잔잔한 수면을 비추고, 조용한 음악이 흘러나오는 작은 가게마다 와인잔이 예쁘게 빛나고 있던 그 풍경, 그 분위기. 숙소를 찾아가는 길목에서 이미 이 도시와 사랑에 빠져버렸다. 어린 마음에 불공평하다는 생각도 했다. 같은 하늘 아래 이런 도시에 사는 사람들이 있다니.

"와, 세상에 이런 도시가 다 있구나."

엄마도 예외는 아니었다. 산타루치아 역을 빠져나와 베네치아를 마주한 순간부터 엄마 역시 이 도시에 반해버렸다. 건축학도로서 평생 로마를 동경했던 아빠조차 이번 여행에서 어디가 가장 좋았냐는 질문에는 베네치아를 꼽았다.

캐리어를 끌고 가는 여행자.

엄마는 시내버스 대신 배를 타고 다닌다는 사실에 흥분했다. 여행 중에는 뭐니 뭐니 해도 이동하는 일이 가장 힘든데, 베네치아에서의 이동은 마냥 지치기엔 너무

특별하다. 숙소를 나와서 배를 타러 가는 골목골목은 어딘가로 향하는 길목이 아니라 이미 그 자체로 하나하나의 명소였다. 길 끝에서 만나는 아담한 성당이나 양쪽으로 팔을 벌리면 벽이 닿을 만큼 좁다란 골목길, 오랜 세월 탓에 여러 번 덧칠해진 돌벽. 그대로 멈춰서 이 느낌 그대로를 사진에 담아보려 애쓰다 보니 짧은 길을 통과하는 데도 꽤 오랜 시간이 걸렸다.

우리는 무라노와 부라노를 돌아보기로 했다.

"여기서 배를 타면 무라노에 갈 수 있는데, 거기서는 유리 장인을 만날 수 있어요."

베네치아 숙소의 호스트는 테이블에 올려놓은 접시와 열쇠 그릇을 보여주며 무라노에서 사온 것이라고 말했다. 그녀는 부라노보다는 무라노를 추천했고, 나의 지인은 무라노보다는 부라노를 추천했다. 그래서 우리는 둘 다 가보기로 결정. 우선 13세기부터 글래스마스터라고 불리는 유리 장인들이 공예품을 만들었다는 무라노부터.

날은 덥고 해는 쨍쨍했는데 바포레토를 타니 이미 섬으로 가는 여행자들로 가득했다. 바포레토는 베네치아에서 가장 대중적인 교통수단으로, 시내 주요 명소와 무라노, 부라노, 리도, 토르첼로 같은 인근 섬으로 향하는 수상 버스다. 바포레토에는 정겨운 안내원이 있었다. 그들은 배의 입구에 서서 탑승하는 사람들을 도와주기도 하고, 마치 오페라 가수 같은 목청으로 역마다 정거장 이름을 크고 정확하게 불러주었다.

　　최종 목적지인 부라노까지 가기 전과 후에는 자금자금한 섬
들이 있었다. 어떤 섬에는 학교 운동장 같은 뜰에서 아이들이
공을 차며 뛰어다니고 있었고, 또 어떤 섬에는 여기저기 수풀
이 우거지고 오래돼 보이는 중후한 성이 있었다. 저 작은 섬에
는 어떤 사람들이 살고 있을지, 어떤 형태의 삶이 녹아 있을지,
정말 내려서 발을 디뎌보고 싶었지만 일정에 밀려 가지 못했

다. 아빠는 다음에 오면 그 수풀 섬에서만 일주일을 머물렀으면 좋겠다고 했다. 다행히 엄마는 듣지 못했다.

"무우라아노오!"

정확하고도 우렁차게 외치는 안내원의 목소리에 이탈리아어를 모르는 우리도 단박에 무라노임을 알아들었다. 배에서 내려 곧바로 이어지는 큰길가로 걸어가보니 바닷물이 출렁이는 수로를 가운데 두고 양쪽에 유리 공예 가게들이 빼곡했다. 자신의 작품을 전시하고 판매하는 예술가의 쇼윈도도 있었고, 또 여러 아이템을 한데 모아놓은 큼지막한 기념품숍도 있었다. 영롱한 오렌지 빛깔로 표현한 여우 피규어, 눈송이 같은 유리알이 달린 귀고리, 검은 은하수를 떠올리게 하는 화병……. 유리로 이렇게까지 섬세하게 표현할 수 있다는 것에 그저 놀라울 따름이었다. 과연 유리를 굽는 섬답다.

솔직히 말해 이 멋진 작품들이 비단 무라노에만 있을 리 없다. 강남의 갤러리나 인사동의 괜찮은 공방을 찾아가면 만날 수 있는 것들이었다. 다만, 나는 무라노에 있다는 이유만으로

햇빛에 영롱하게 빛나는 유리 귀고리.   부라노의 독특한 유리 공예 가게.

유리 공예품을 눈여겨보는 기회를 갖게 된 것이다. 내가 다니
는 길목에 똑같은 작품을 갖다놓는다 한들 이렇게까지 집중하
지 않았을 것이므로.

　사실 인간이 시점을 자유롭게 한다는 것은 쉽지 않다. 도서
관에서 책을 읽고 침대에서 잠을 자고 식탁에서 밥을 먹고 헬
스장에서 운동을 하고, 생일은 케이크로 축하한다. 다 편리하
자고 만들어놓은 도구들이고 방식들인데, 어쩌면 이것들에 너
무 의존해 사는 건 아닌지. 요즘 여기저기서 '나답게'라는 말이
많이 들려온다. 사실 나는 종종 식탁에 엎드려 잠을 자기도 하
고, 침대 위에서 열혈 공부를 하기도 하며, 지하철의 세모난 손
잡이를 잡고 은근히 팔 근육을 기르기도 한다. 전자도 좋고 후
자도 좋다. 그러나 전자여야만 하고 후자여야만 하는 것은 나

유리를 다듬는 유리 장인.

리알토 다리 아래 데이트하는 커플.

의 자유를 빼앗는 일. 나는 좀 더 자유롭고 싶다. 어디에서나 날개를 펼 수 있지만 때에 따라 날개를 접을 줄도 아는 유연함을 가지고 싶다. 저마다 변화무쌍한 모습을 한 무라노의 유리 공예품처럼, 나도 나답게 내 날개를 지니고.

수면의 시선에서 담은 베네치아.

바다 골목길을 걸으며

"그러니까 이 물이 바닷물이라는 거지?"

거리를 걷다가 발 옆으로 출렁이는 물을 바라봤다. 몇 년 전 베네치아에 왔을 때는 단 하룻밤만 묵고 떠나야 했다. 그것도 밤에 왔다가 오전에 출발하는 일정이어서, 이 도시를 감상할 여유가 없었다. 그래서 그런지 '바다 위에 지어진 도시'라고 말하던 아빠의 설명은 새삼 새롭게 다가왔다. 베네치아는 얕은 바다 위에 조성된 도시다. 바다 아래 말뚝을 박고 400여 개의 다리를

수평선을 따라 벽돌 지붕이 빼곡하다.

건설해 100개가 넘는 작은 섬을 연결했다고 한다. 대개 베네치아의 풍경을 묘사할 때 '수중 건물'이라는 단어를 많이 사용하는데, 그보다 도로에 바닷물이 가득하다고 말하는 쪽이 더 베네치아를 잘 표현한 것 같다. 시내버스 대신 시내 배가 다니고, 짧은 거리를 이동하고 싶을 때는 수상 택시를 타며, 연인들은 곤돌라를 타고 바다 골목길을 드라이브한다. 도시의 높은 곳에 오르면 언제나 바다가 내려다보이고, 어떤 골목에 들어서더라도 그 끝엔 물이 가득했다.

바포레토 위에서 마주친 앙증맞은 표지판.

요트를 타고 섬으로 가는 사람들.

무라노와 부라노로 향하면서는 완전한 바닷길을 경험했다. 중심부에서 벗어나 섬으로 가는 길은 넓은 바다였는데, 그 바다가 섬까지 연결되는 도로인 셈이다 보니 많은 배가 오가고 있었다. 바다 위에는 막대기가 일정한 간격으로 세워져 있었고, 배들은 마치 차선처럼 그 막대기를 기준으로 좌회전도 하고 우회전도 하며 질서를 지키고 있었다. 도로에서 규칙을 지키는 건 당연한 시스템인데 이것이 바다로 옮겨졌다는 이유만으로 그렇게 색달라 보일 수가 없었다. 베네치아의 산 마르코 종탑에 올라 내려다보니 도시의 품 안으로 속속들이 파고들어온 바다에 수많은 수로가 이어져 있고, 배들은 나름의 규칙을 지키며 너른 바다 위를 이리저리 움직였다.

길이란 것이 왜 땅에만 존재해야 한다고 생각했을까. 그 옛날 베네치아 사람들의 자유로운 발상을 떠올리자 나의 세계가 너무나 제한된 한계투성이였다는 사실과 함께 모험심이 불끈 타올랐다. 행여 나의 길에도 스스로 정해놓은 한계가 있지는 않은지 마음속을 면밀히 수색했다. "당신이 원하는 모든 것은 두려움 저편에 존재한다"는 작가 잭 캔필드의 명언을 곱씹으며.

기록을 포기하는 것

어릴 때 좋아하던 인형의 집을 확대해서 현실로 만들어놓은 듯한 풍경. 너무 멋진 풍경에, 꼭 다시 와봐야겠다기보다는 세상에 이런 동네도 있구나 싶은 감탄이 앞선다. 베네치아 본섬에서 수상버스를 타고 40분을 달려와야 하지만, 그 정도 수고는 할 만했다. 성냥갑 같은 집들이 벽과 벽을 맞대고 촘촘히 메우고 있는 부라노는 과연 시간을 들여 만나러 올 만한 가치가 있는 섬이었다.

나를 데리고 떠났다

알록달록 성냥갑 같은 집들이 나란하다.

어촌 마을이었던 부라노에서는 바다 밖으로 나갔다가 돌아온 사람들이 어디가 자기 집인지 많이들 헷갈려 했다. 그래서 일을 끝내고 각자 집으로 돌아갈 때 헷갈리지 말라고 페인트를 칠한 것이 부라노의 탄생 스토리다. 오색 빛깔의 집들은 부라노의 상징이 됐다. 연두색 집 옆에 분홍색 집, 분홍색 집 옆에 주황색 집……. 선명하고 밝은 색감이 서로 어울리지 않는 듯하면서도 희한하게 조화를 이룬다. 마치 번지수 대신 좋아하는 색깔을 칠해놓고 '여긴 우리 집이야' 하고 말하는 듯한 귀여운 느낌. 더 가까이 들여다보니 그 집들은 컬러만 다른 게 아니라 창문, 문손잡이, 굴뚝 모양까지 다 조금씩 다른 모양을 하고 있었다.

가끔씩 집과 집 사이에 있는 작은 골목이나 마당을 볼 수 있었다. 주민들은 이곳에다 빨래를 널어놓고 빗자루로 마당을 쓸거나 혹은 이웃과 담소를 나누기도 했다. 어떤 골목은 사람 두 명이 지나가면 꽉 찰 듯이 좁았다. 노란색 담벼락과 보라색 담벼락 사이에 하얀 레이스 커튼이 나풀거리는 창문을 볼 때나 알록달록한 길 끝으로 파란 바다가 살짝 비치는 풍경을 바라보다 보면 누군가 일부러 공들여 조성해놓은 테마파크 같았다. 아무 집이나 조그맣고 예쁜 집의 대문이 열리면 그 안에서 어린 시절 만화영화에서나 봤던 호호 아줌마가 "어서 와요, 예쁜 아가씨" 하고 환하게 맞아줄 것 같은 상상이 머릿속에 펼쳐졌다.

날씨가 더운 탓인지 부라노의 집들은 바람이 통할 수 있도록 현관문을 열어두고 입구마다 긴 천을 내려 가려놓았다. 집집마다 다른, 개성 넘치는 가림막을 구경하는 재미도 쏠쏠했다. 현관 앞으로 천이 살짝 띄워져 있어 바람은 통하면서 사생활은

분홍 집에서 나온 아줌마가 한아름 꽃을 안고 있다.

보호해주는, 우리로 치면 일종의 발 같은 역할을 하는 듯했다. 가끔씩 불어오는 시원한 바람에 긴 천이 살며시 펄럭이는 모습은 그 자체로 낭만적이었다.

부라노에 도착하자마자 나의 신경은 온통 이 사랑스런 광경을 어떻게 카메라에 잘 담아갈 것이냐에 집중되었다. 사진이 잘 나올 만한 스폿을 찾아 여기저기 옮겨 다니며 수많은 사진을 찍었고 그중 몇 장은 스스로도 만족할 만큼 괜찮은 결과를 남겼다. 나는 끊임없이 메모도 했다. 여긴 느낌이 어떻고 저긴 뭐가 유명했고 어떤 길로 가니 뭐가 나왔고. 부라노를 떠나면서 현지의 생생한 여행 정보를 저장한 핸드폰과 엄청난 양의 사진을 담은 카메라를 훈장처럼 끼고선 뿌듯한 마음으로 배에 올랐다. 직업병인가. 기록이 많을수록 알차게 여행했다는 느낌, 할 일을 다 한 것 같은 느낌이 든다. 미팅을 성공적으로 마치고 보고할 내용을 잔뜩 들고 회사로 복귀하는 신입사원의 기분이랄까. 구경 한번 잘했다는 보람찬 마음으로 섬을 떠나는데 옆에 있던 엄마가 무심코 던진 질문에 나는 멍해지고 말았다.

"이 섬 어디가 좋았니? 제일 기억 남는 게 뭐야?"

그러게. 내가 무엇을 봤을까. 마음에 드는 한 컷을 찍었을 때의 감동은 기억이 나는데, 그것을 처음 보고 가까이 가보고 거기에 등을 대고 서서 누렸던 감정은 희미했다. 분명 있었을 텐데.

물론 남기고 기록하는 건 멋진 일이긴 하다. 그렇다고 그 멋진 일이 여행 전체를 대표할 수는 없다. 여행의 '첫째'는 무엇이어야 하는가. 사진은 두 번째이거나 다섯 번째이거나 열두 번째여도 괜찮을 텐데. 빼곡히 남긴 각종 정보와 용량이 꽉 찬 SD 카드, 이것으로 알찬 여행을 했다고 느끼다니 바보 같은 생각이었다. 여행이 꼭 알찰 필요도 없는데 말이다. 결국 나의 여행은 무언가를 많이 건져와야 한다는 생산 지향적인 자본주의적 사고로 무장한 것이었단 말인가. SNS에 사진을 올리지 않아도, 직업상 정보를 빼곡하게 정리하지 않아도 가족과 함께 유유자적한 이탈리아를 즐겨도 되지 않았을까. 그제야 내가 지나치게 '기록적인' 여행을 했다는 생각이 들었다. 나는 마치 눈앞에 카메라 앵글을 장착한 상태로 걸어 다닌 기분이었다. 사방으로 펼쳐진 풍경이 내 눈에는 담기지 않았다. 대신 렌즈를 통해 보이는 한정적인 평면의 세상만이 눈앞에 있었다.

부라노로부터 멀어지는 배 위에서 이제는 기록을 적당히 포기해야겠다고 생각했다. 아무리 노력해도 카메라는 그 아름다움을 100퍼센트 담을 수 없는 일이기에. 아름다운 장면이란 그곳의 소리, 날씨, 냄새, 촉감, 기분 같은 것이 한데 모여 만들어

알록달록한 집들이 다닥다닥 붙어 서 있다.

내는 것이 아니던가. 다음부터는 우선 눈에 담고 마음에 담으리라. 기록은 잠시 잊어버리고 황홀한 장면을 감상하는 데 내 온 마음과 정신을 기울이리라. 그러면 그 감동은 인생의 한 부분으로 기록되어 사진보다도 더 강렬하게 남을 테니 말이다.

그들의 일부가 되어

베네치아의 숙소는 중심지로부터 걸어서 30분 정도 떨어진 조용한 동네의 주택이었다. 연간 3천만 명의 여행자들이 찾아온다는 베네치아는 이미 포화 직전이라 어딜 가도 사람들로 북적일 줄 알았는데, 지도를 따라 길을 걷다 보니 어느새 인파도 줄어들고 갈매기도 드문드문 보이고 번잡한 물길을 다니던 뱃소리도 희미해졌다. 아담한 레스토랑과 그보다 더 아담한 카페의 테이블이 놓인 작은 광장을 지나, 보라색 꽃잎이 낙엽처럼 떨어진 골목을 지나, 작은 고양이가 곤히 낮잠을 자고 있는 다리를 지나 숙소로 오는 길 내내 약이 거의 다 닳은 시계처럼 시곗바늘이 열 배속으로 느리게 가는 기분이 들었다.

실제로 먼 길이었는지, 내가 느리게 걸었는지, 느리다고 느꼈던 건지 잘 모르겠다. 꽤 오래 걸어서 도착한 동네에는 적색 벽돌을 얹어 만든 큰 교회가 있었고, 교회 문을 끼고 돌자마자 가게도 하나 없이 주택이 늘어선 한적한 길목이 나타났다. 거기서 첫 번째로 보이는 집이 우리의 보금자리였다. 호스트는 대문 앞에 초인종이 있다고 미리 알려주었다.

'우리 숙소의 초인종은 위에서 두 번째에 있어요. 초인종마다 이름이 적혀 있으니 금방 알아볼 수 있을 거예요.'

호스트가 남긴 메시지처럼 초인종에는 '카바도에르'라고 숙소의 이름이 적혀 있었다. '드디어 다 왔다!' 마치 집을 찾아온 듯한 기쁜 마음으로 초인종을 누르자 호스트가 어서 들어오라며 대문을 열어주었다. 대문으로 들어서려다 나는 잠시 멈춰 서 숙소로 가는 길에 떨어져 있는 이름 모를 꽃.

초인종에 새겨진 우리 집과 우리 이웃.

이탈리아어가 새겨진 초인종들을 바라보았다. 여기 사는 사람들의 이름인 걸까. 우리 숙소의 초인종 양옆에는 어떤 이름이 새겨져 있는 걸까. 나란한 초인종처럼 나도 이들과 이웃이 된 것 같은, 낯설고도 포근한 느낌이 새로웠다.

　멋진 호텔에 묵게 되면 여행지보다 호텔에 집중할 때가 있다. 예전에 자카르타의 고급 리조트에 간 적이 있는데, 로비를 빙 두르고 있는 콜로네이드 기둥하며 프란지파니 나무가 내려다보고 있는 수영장하며, 자카르타보다는 리조트 자체를 여행하고 온 기분이 들었다. 하지만 가정집을 숙소로 정하면 그 나라 사람들의 일상에 집중하게 된다. 그 집에 있는 동안 집주인들의 삶에 녹아들어 그들 중 일부가 되어보는 경험을 하게 된다. 그건 참 설레는 감정이었다. 현관문을 열고 나오면 지나다니는 사람들과 반가운 이웃인 양 인사하는 기분도 좋았다. 호텔방 하나를 배정받는 것과는 확연하게 다른 체험. 물론 호텔이 주는 안락함과 편리함은 너무나 매력적이긴 하지만.

숙소로 아파트를 빌리면 우리가 무엇이든 알아서 해야만 한다는, 물어보고 의지할 데가 없다는 두려움과 약간의 긴장감이 느껴지기도 한다. 그러나 도리어 그 허전함이 이웃에 누가 있는지 궁금하게 하고, 물어볼 대상을 찾게 되고, 옆에 있는 한 사람, 지나가는 한 사람에 집중하게 만든다. 길을 물어보려고만 해도 우선 사람과 눈부터 마주쳐야 하니까. 결국 긴장과 설렘은 동전의 양면 같다. 무엇에 집중하느냐에 따라.

나를 데리고 떠났다

전망 좋은 방

"피렌체에서 깨어나는 일, 햇살 비쳐드는 객실에서 눈을 뜨는 일은 유쾌했다."

영국의 문호 에드워드 모건 포스터는 소설《전망 좋은 방》에서 피렌체를 이렇게 찬양했다.

"창문을 열어젖히는 일, 익숙하지 않은 걸쇠를 푸는 일, 햇빛 속으로 몸을 내밀고 맞은편의 아름다운 언덕과 나무와 대

환하게 햇빛이 들던 베네치아의 내 방.

리석 교회들과 또 저만치 앞쪽에서 흘러가는 아르노 강을 보
는 일도 유쾌했다.”

나에겐 베네치아의 방이 그랬다. 그가 묘사했던 흐르는 강과
아름다운 언덕은 없었지만, 교회에서 울리는 종소리와 예스러
운 지붕들이 있었다. 쏟아지는 아침 햇살에 눈을 떴을 때는 창
문 너머로 붉은 교회의 십자가와 하늘이 어우러졌고, 얼마 안
있어 정시를 알리는 종소리가 울려 퍼졌다. 지금껏 맞은 다양
한 아침과는 또 다른 새로운 느낌. 가끔 고요를 찾아 떠난 휴양
림의 통나무 숙소에서 창문 틈새로 숲 내음이 들어와 맑게 깨
어나던 산속의 아침, 밤새 철썩이는 파도 소리에 잠을 설쳐 느
지막이 일어나던 바닷가의 아침과도 사뭇 다른 낭만이었다. 에
드워드 포스터가 만약 피렌체보다 베네치아에 먼저 왔다면 소
설의 배경은 이곳, 베네치아가 되었을까.

나를 데리고 떠났다

창문을 내다보면 항상 벽돌 교회가 눈에 들어왔다.

거실 창 너머도 붉은빛 풍경이다.

현재를 붙잡아야 한다!

　사람들은 왜 이탈리아를 여행하고 싶어할까. 소중한 휴가와 통장을 다 털어서라도 꼭 가야만 하는 이유 말이다. 그건 비단 유적지가 근사해서만은 아닐 텐데. 다음 휴가 때는 반드시 이탈리아를 가겠다며 매년 새로이 다짐하는 친구에게 까닭을 물어본 적이 있다. 그녀가 열변을 토하며 들려준 그 '까닭'은 커피와 파스타를 맛보기 위해서였다. 천 년 넘은 성곽벽을 타고 덮여 있는 담쟁이넝쿨, 그 아래 인자한 할아버지 웨이터가 웃으며 서 있는 카페에서 콧수염이 멋있는 이탈리아 남자가 마시는 작은 잔 속의 에스프레소. 날개 달린 천사 동상이 내려다보고 있는 커다란 광장 한가운데서 먹는 이탈리아인 셰프가 정성스레 만든, 이게 밥인가 작품인가 싶은 파스타. 여행 잡지인지 영화인지 모를 그 어딘가에서 봤던 커피와 파스타를 꼭 맛보고 싶다는 것이었다. 이탈리아가 두 번째 방문인 나에게도 그런 장면이 있었다. 바로 유럽에서 가장 오래됐다는 베네치아의 카페에 앉아 달콤한 커피를 마시는 것. 그 카페 테라스에서 햇살 포근한 오후를 보내며 첫 여행의 아쉬움을 달래리라 다짐했다.

마침내 나는 꿈꾸던 그 장면 속으로 들어왔다. 베네치아 산 마르코 광장 한가운데 1720년에 문을 열었다는 플로리안 카페에 앉아, 에스프레소에 무거운 크림을 올린 에스프레소 콘파냐를 주문했다. 오케스트라가 연주를 시작했고 곧 흰 셔츠에 붉은색 조끼를 받쳐 입은 이탈리안 웨이터가 앙증맞은 커피잔을 달그락거리며 내 앞에 놓아주었다. 부드러운 크림과 진한 에스프레소를 한 모금 머금고 고개를 돌려보니 두칼레 궁전을 비추는 오후의 햇살과 하늘에 닿을 듯 날개를 편

햇빛이 강렬하던 산 마르코 광장.

산 마르코 대성당의 화려한 지붕.

동상들이 시야에 들어왔다.

그런데 문제는 내가 생각처럼 이 순간을 누리고 있지 못하다는 것. 꿈에 그리던 것보다 커피 맛이 덜 환상적이라고 생각하고, 햇빛이 예상보다 뜨거워 얼굴을 찡그린 채 멋있게 차려 입은 옆 테이블의 커플을 부러워하다가, 저녁에는 어디서 뭘 먹을지 검색해보려고 핸드폰 화면을 들여다봤다.

"우리는 과거를 후회하고 미래를 상상하는 일에 현실을 낭비한다."

책을 읽다 보면 마음에 남는 말이 있다. 여행을 떠나오면 누가 한 말인지 정확히 기억나지는 않지만 그 한 줄의 명언이 강렬하게 떠오르는 순간이 있다. 과거는 갔고 미래는 오지 않았다. 지금 이 순간 내가 존재하는 건 현재인데, 현재의 의미를 너무 놓치고 있는 건 아닐까. 그때 나는 내가 지금을 온전하게 체험하고 있지 못하다는 것을 알아챘다. 나는 현실을 낭비하고 앉아 있었던 셈이다. 그 멋진 현실에 몸만 앉혀두고 정신은 여전히 딴세상을 떠돌고 있었다. 커피 맛이 조금 덜하면 어떤가.

햇빛이 조금 뜨거우면 어떤가. 들려오는 생음악과 불어오는 바닷바람을 배경 삼아 베네치아에서 가장 아름답다는 카페에 앉아 영화 같은 오후를 보내고 있는데.

'그래! 현재를 붙잡아야 한다!'

단 한 줄의 명언이 나를 구원하듯이 일으켜 세웠다. 지혜로운 조언을 전해준 위대한 학자와 작가들에게 감사하며 과거로 미래로 뛰어나간 정신을 꽉 잡아다가 현실에 앉혀놓았다. 현재를 좀먹던 과거를 미련 없이 보내버리고 미래를 저만치 쫓아버렸다. 어차피 둘 다 지금 이 순간에는 존재하지 않는 것이기에.

온전히 현재에 머무르려고 집중했다. 갈매기 우는 소리와 오케스트라의 연주를 듣는 나의 귀, 몇 천 년 전의 돌바닥을 밟고 있는 발, 세계에서 가장 멋진 건물 중 하나로 꼽히는 궁전을 바라보는 눈, 향긋한 에스프레소 커피를 맛보는 입, 섬세한 무늬가 새겨진 우아한 커피잔을 들고 있는 손. 산 마르코 광장을 밝히는 햇살 아래 지금 이 순간을 마

음껏 음미하기 시작했다. 마치 지금 이 순간이 언제까지고
계속될 것처럼.

지나가던 사람들도 걸음을 멈추고 한껏 연주를 음미하곤 했다.

나를 데리고 떠났다

두드려보고 싶은 집

노크해보고 싶은 문을 가진 집이 꽤 많았다. 연분홍 천이 드리운 문, 빨간 장미 화분이 놓인 문, 넝쿨이 가려진 벽돌담 뒤의 아치형 창살 문. 집마다 문들은 강렬한 이미지를 뿜어냈다. 골목길 정취에 취해 걷다 보면 실제로 사람이 사나 싶은 집에도 오늘 날짜의 신문이 배달되어 있었다. 순간 그 집에서 커피를 내리는 주인의 모습이 보일 듯했다. 진짜 이탈리아는 집 안에 있었다. 나는 거기서도 사람이 궁금했나 보다.

산동네의 아담한 대문.

왠지 숲속 곰 식구가 살고 있을 것 같다.

손바닥만 한 초인종이 붙어 있는 집.

안쪽으로 꽤 길게 계단이 이어져 있다.

근사한 플레이팅을 보면서 어떤 셰프가 만들었을지 상상하고, 새로운 카페의 인테리어나 선곡을 통해 주인의 성격을 짐작해보고……. 이처럼 내가 여행을 좋아하는 데는 거기에 누가 살고 있는지 보고 싶은 마음도 한몫한다. 영국의 심리학자 존 볼비는 사람과 사람이 가까워지려는 경향성은 본능이라고 했다. 그렇다면 나도 본능에 충실한 여행을 하는 걸까.

부라노의 한 집이 기억에 남는다. 형광에 가까운 민트색으로 칠해진 문이 신기했다. 가정집에 이런 색을 쓸 생각을 하다니. 우리 동네로 가져온다면 파격이겠지. 비현실적인 색깔과 유난히 아담한 문 크기가 정말 인형의 집 같았다. 이런저런 생각으로 문 앞을 서성이는데 창문에서 따가운 시선이 느껴졌다. 두 발을 몸속으로 쏙 집어넣은 샴 고양이가 창틀에 앉아 나를 주의 깊게 쳐다보고 있었다.

"넌 누군데 거기서 알짱대냥."

고양이는 또렷하게 치켜뜬 파란 눈동자로 나를 쏘아보며 이렇게 말하는 것 같았다. 반가운 마음에 고양이에게 가까이 다가

나를 데리고 떠났다

가 눈인사를 건넸다. 움직이기 귀찮은 건지 관심이 익숙한 건지 고양이는 꿈쩍도 않은 채 계속 나를 쳐다보았다. 아, 이 집에는 파란 눈의 도도한 고양이가 사는구나. 먼 이국 땅 낯선 집에 대해 하나라도 알고 간다는 사실이 즐거웠다.

부라노 가정집의 그 고양이.

느리게 식사하세요, 와인도 곁들여가면서

베네치아에서의 마지막 날. 시간에 구애받지 않기로 마음먹은 터라 별다른 일정을 정해놓지 않았다. 계획한 것이 있다면 느리게 일어나 아침을 맞고, 한 번쯤 산 마르코 대성당을 둘러보는 것. 가이드북에 소개된 모든 관광지를 섭렵하듯이 서두르지 말고 늘 여기에 살았던 것처럼, 그리고 앞으로도 여기에 살 것처럼 더딘 하루를 보내보자는 것이었다.

침대의 이쪽과 저쪽을 굴러다니며 오전을 보내고 시내에 있

나를 데리고 떠났다

는 이 가게, 저 가게를 기웃거리다 보니 시간이 금세 지나갔다. 우리는 오후 일정이었던 산 마르코 대성당을 과감히 접기로 했다. 대신 호스트가 알려준 로컬 동네 쪽으로 천천히 걸어가보았다. 해 질 녘이었다. 작은 다리마다 여행자들이 석양을 보기 위해 삼삼오오 모여들었고 그들의 손에는 이탈리아의 국민 맥주인 페로니가 들려 있었다. 간혹 어떤 커플은 아예 와인 한 병을 가져와 잔에 따라 마시기도 했다.

멀리 수로를 따라 바다가 내다보였다. 주홍빛으로 물든 바닷길 사이로 노란 가로등이 켜지고, 발걸음을 내딛을수록 마을은 점점 고요해졌다. 호스트가 알려준 동네에 다 닿았을 때쯤 물길 옆으로 작은 레스토랑 하나를 만났다. 심각하게 배가 고팠던 우리는 뭘 파는 가게인지도 모른 채 일단 테이블에 앉았다. 상냥한 직원이 가져다준 메뉴판에는 바닷가답게 신선한 해산물이 가득했다. 진한 오징어먹물에 고소한 오일을 머금은 파스타와 쫀득하고 통통한 크림 뇨끼, 베네치아 대구요리인 바칼라 만테카토를 메인으로 주문했다. 와인도 마시기로 했다. 한국에서는 상상도 할 수 없는 저렴한 가격에 훌륭한 와인을 맛볼 수 있는 이탈리아에 왔으니 당연하지. 술과 친하지 않은 우리 가족에겐 나름 여행 기념주 같은 것이었다. 엄마는 술이 꽤 세지만 즐기지는 않고, 술을 즐기고 싶은 나는 아빠를 닮아 몸에서 받지 않는다. 맥주 반 캔만 마셔도 온몸이 발갛게 달아오르기 시작하는데 체내에 알코올 분해효소가 부족해서 그렇다나. 가벼운 술을 추천해달라는 요청에 직원은 스푸만테를 권했다. 프랑스 샹파뉴 지역에서 양조한 스파클링 와인을 샴페인이라고 부르듯이 이탈리아에서 만든 스파클링 와인을 스푸만테라고 한다. 상큼한 과일 향에 은은한 탄산이 더해지니 술맛 모르는 아빠도 주문한 맥주를 치워놓고 와인을 마셨다.

우리는 물가에 나란히 자리한 테이블에 앉아 잦아드는 석양을 바라보며 느긋하게 식사를 했다. 느리게 식사하는 즐거움에 대하여 생각해본 건 오랜만이었다. 그동안 일상에서 밥을 먹으며 시간을 보낼 여유가 없었던 탓일까. 아니면 밥을 오래 먹는다는 것 자체가 몸에 배지 않았기 때문일까. 세상에서 가장 빠른 사람들이 모여 있다는 서울에 살면서도 나는 꽤 식사를 느리게 하는 편이다. "후딱 먹고 치우자"라든가 "빨리 먹고 오자" 같은 말은 내가 가장 싫어하는 대사 중 하나다. 그러나 기준은 항상 주관적인 법이다. 나로서는 매번 급히 먹었다는 아쉬움이

베네치아에서는 야외 테이블이 더 운치 있다.

있었다. 물론 동료들보다 두 배는 느리게 먹지만. 사람들은 힐끔 나를 보면서 "아직도 먹어?"라고 추임새를 넣곤 했다. 어떨 때는 다 먹은 척 눈치껏 일어나고, 어떨 때는 왜 이렇게들 빨리 먹냐며 꿋꿋하게 숟가락질을 이어간다. 거듭 말하지만 주관적인 차이로 나는 급하지 않게 조금 더 적극적으로 느릿느릿하게 밥을 먹어보고 싶었다. 그리고 그날은 꿈을 이룬 날이었다. 친구나 동료들이 보기에는 그보다 더 속 터지는 식사가 없었을지도 모르겠다. 꼭 닮은 DNA 덕분에 가족과는 큰 부담도 어려움도 없었다. 게다가 거기엔 나보다도 더 느릿느릿 식사하는 사람들도 많았다. 두 시간이 넘도록 앉아 있는 우리가 하나도, 정말 조금도 이상하지 않았다. 노천 테이블에 앉아 있던 몇몇 일행은 우리가 주문하고 밥 먹고 계산하고 나올 때까지도 여전히 식사 중이었다.

와인과 맥주가 다 비워질 즈음, 베네치아에는 땅거미가 짙게 내려앉았다. 다정한 분위기에 휩쓸려 홀짝거리다 보니 어느새 나는 알량한 나의 주량을 넘어버렸다. 이제 슬슬 숙소로 돌아가야 할 텐데 달콤하게 취기 오른 몸과 마음은 일어날 생각이 없었다. 그러나 조금쯤 느슨하게 취해 있다 한들 무엇이 문제인가. 느리게 식사하는 즐거움을 조금 더 누리고 싶었다. 그리하여 우리는 두 시간 반에 걸쳐서 한 가지 일에만 열중했다. 천천히 얘기하며 밥 먹기. 참 좋은 경험이었다.

산 마르코 광장의 석공에게

아빠는 판테온 신전을 꼭 보고 싶어했다. 그러나 짧은 일정에 떠밀려 판테온 신전까지는 들러보지 못했다.

"현대과학으로도 풀 수 없는 놀라운 건물이야."

아빠의 진지한 설명은 로마를 걷는 내내 끝없이 계속됐다. 그렇다. 로마 전체가 다 그와 같았다. 온전히 이해할 수 없는 수준의 공예품 같은 도시. 그 옛날 사람들은 어떻게 저 길을 닦고 다리를 만들고 나무를 심고 건물을 올리고 또 그 위에 무수한 동상들을 세웠을까.

산 마르코 광장 양옆에 늘어서 있던 건물들 위에도 조각품이 있었다. 이 건물을 지키고 있으니 쓸데없는 짓 말라는 듯한 근엄한 기세로 아래를 내려다보고 있는 동상들에게 나도 모르게 압도당했다. 어떻게 돌로 만든 조각에서 이토록 강한 힘이 느껴지는 걸까. 어떻게 그 시절의 기술과 자원으로 이런 걸 만들었단 말인가. 한동안 광장 한가운데 서서 하늘로 솟구쳐오를 듯한 동상과 광장을 둘러싼 궁전 그리고 종탑을 가만히 올려다보았다.

마음이 답답해오는 건 나뿐만이 아닐 것이다. 얼마나 많은 사람들이 동상과 궁전, 종탑을 만들기 위해 힘을 쓰고 심지어 목숨까지 잃었을까. 형언할 수 없는 광경 앞에 서다 보면 반대의 감정도 기어이 고개를 든다. 아, 이 놀랍도록 훌륭하고 아름다운 도시를 만들기 위해 아, 얼마나 슬프고 힘들고 벅차고 억울하고 속상하고 아픈 일들이 쌓여왔을까. 인류의 역사가 그렇다고 들었다. 독일인들이 유대인들을 대상으로 못할 짓을 참 많이도 했는데, 그때 연구한 의학 지식이 지금까지 쓰인다는 끔

베네치아 종탑의 기둥. 섬세한 가닥가닥이 경이롭다.

찍한 이야기 말이다. 내가 그 혜택을 받고 있으니 나도 유대인에게 미안한 마음이어야 하는 건 아닐까.

하얀 요트와 바포레토가 오가는 베네치아의 바다는 내 발을 적시던 제주의 그 바다일지도 모른다. 산 마르코 광장 바닥에 돌을 놓던 석공의 더위를 씻어준 바람은 지금 노천카페에서 내 머리를 흔들고 있는 바로 이 바람일 수도 있다. 석공과 내가 손이 닿아 있는 듯한 상상을 하자 지금 내가 얼마나 많은 사람들과 연결되어 있는지가 실감났다. 아름다운 도시일수록 이런 곳을 만든 사람들이 떠오르곤 한다. 고생했다고 고맙다고 혼잣말을 했다.

한국에 돌아온 뒤 아빠는 기어이 이 말을 꺼냈다.

"판테온 신전은 꼭 봤어야 했는데."

두 번째 이탈리아 방문을 기약하는 듯한 은근한 분위기를 풍기며. 여행하는 내내 다시 오면 된다는 말과 함께 발걸음을 돌리던 그 많은 순간에 내가 부모님을 모시고 혹은 부모님을 따라서 이탈리아에 또 와야 할 것인가 깊은 고민에 빠졌더랬다. 만약 다시 가는 날이 온다면 비행 내내 피곤해한 엄마를 위해 좌석을 업그레이드시킨 항공권을 내밀며 가자고 말하고 싶다. 제발 그런 날이여, 오라!

베네치아 재봉틀 청년

　리알토 다리를 건너기 전, 작은 가게들이 늘어서 있는 골목을 발견했다. 작지만 세계적이라 할 만한 멋진 소품을 파는 가게들은 누구라도 눈이 머물 정도로 예쁜 모습이었다. 하지만 정작 내 발을 붙잡은 건 그 작은 가게의 반의반도 안 되는 크기의 틈새 가게였다. 예쁜 그림 같은 게 걸려 있어서 뭐지? 하는 순간, 가게 입구에 놓인 재봉틀 앞에 젊은 청년이 앉아 있는 게 보였다(사실 그 재봉틀로 가게는 거의 꽉 찼다). 그는 내게 말했다.

　　　　　　　　　　　나를 데리고 떠났다

"안녕, 내가 하는 일을 보여줄게. 가까이 와봐. 이름이 뭐야?"

"음…… 니나야."

청년은 내 영어 이름을 받아 적더니 휘리릭 재봉틀로 수를 놓았다. 하얀 종이에 하늘색 실로 멋들어지게. 솜씨가 예사롭지 않았다. 청년의 표정에는 자부심이 넘쳤다.

"나는 우리 가족의 대를 이어서 재봉을 하고 있어. 네가 어떤 것을 말해도 무엇이든지 멋있게 새겨줄 수 있어. 단어든, 문장이든, 그림이든 모든 게 가능해."

무엇이든 소원을 이루어주는 램프의 요정 지니가 할 법한 대사였다. 세상의 그 어떤 것도 새겨줄 수 있을 것 같은 신뢰가 느껴졌다. 내 방의 반의반만 한 공간에 제대로 된 지붕도 없는 가판대 가게였지만 청년은 당당했다. 내 나이 또래의 청년이라고 믿기 어려울 정도로 자신감에 차 있었다. 그게 청년의 영업 기술이었는지도 모르겠다. 사실이야 어찌 됐든 부러웠다. 나도 저런 자부심과 자신감으로 일하고 싶다.

"자, 이건 선물이야."

청년은 나에게 내 이름이 새겨진 종이를 건네주었다. 그러더니 좋은 여행을 하라며 인사를 했다. 할 말만 딱 하고 손님에게 먼저 잘 가라고 인사하는 저 쿨가이는 뭘까. 그 또한 영업 전략일까. 사람들이 한두 명이라도 모여 있었으면 이것저것 구경이라도 했을 텐데, 소심한 나는 그 작은 가게를 충분히 구경

182 •

도 못하고 발걸음을 옮겼다. 좀 더 기웃거렸다간 뭐라도 집어
와야 할 것 같아서.

　청년이 준 하늘색 종이는 여행 중에 잃어버리고 말았다. 종
이가 없어졌다는 걸 알았을 때는 이미 베네치아를 떠난 후였다.
낯선 이의 선물을 잃어버린 것 같아서 속이 상했다. 핸드폰으로
찍어둔 사진은 남아 있으니 그나마 다행이라고 해야 할까. 그 사
진을 볼 때마다 청년의 자부심 넘치던 눈빛이 저절로 떠오른다.

"어디에서나 날개를 펼 수 있지만
때에 따라 날개를 접을 줄도 아는 유연함을 가지고 싶다.
저마다 변화무쌍한 모습을 한 무라노의 유리 공예품처럼,
나도 나답게 내 날개를 지니고."

Chapter 5.

피렌체

[Firenze]

지옥계단

여행 가기 전에 섭렵한 피렌체 관련 여행서에는 두오모의 큐폴라를 꼭 가야 하는 곳으로 선정해놓았다. 길목 가판대에서 파는 엽서만 봐도 두오모 큐폴라(돔) 위에서 내려다본 울긋불긋한 벽돌색 풍경이 주를 이뤘다. 그래서인지 엄마는 한창 더운 7월임에도 쿠션이 빵빵하게 들어간 운동화를 신고 큐폴라를 오르겠노라며 비장하게 말했다. 꽤 많은 사람들이 큐폴라에 오르기 위해 줄을 서 있었다. 나도 전혀 겁먹지 않았다. 이 많은 사람들이 오르는데 내가 못할 게 뭐람.

피렌체 두오모의 천장.

배가 약간 나온 인상 좋은 안내원 아저씨에게 표를 건네고 큐폴라 오르기를 시작했다. 계단 자체에 뭐라 말하기 어려운 감동이 서려 있었다. 딱 한 사람만 지나갈 수 있을 정도로 좁고 낡았는데 한편으론 매우 탄탄한 역사를 자랑스럽게 드러내고 있었다. 손으로 일일이 만들었다는 게 믿겨지지 않아서 나선형 계단에 에워싸인 기둥을 손으로 쓸어도 보고 그대로 서서 위쪽을 바라보기도 했다. 계단이 어지러울 만큼 이어졌고 중간중간 커다란 동상들이 서 있었다. 가끔씩 빛이 새어들어오는 조그마한 창문들도 있었다. 여기에 창문을 내기로 결정한 사람들은 어떤

두오모 큐폴라의 달팽이 같은 계단.

마음이었을까. 사람보다도 큰 동상들을 여기에 갖다놓자고 제
안한 사람은 누구였을까. 호기심을 느끼며 오르다 보니 중간쯤
샛길이 나 있는 게 보였다. 아마 더 이상은 못 가지 싶은 사람들
을 위한 배려인 모양이었다.

"거의 다 온 거 아닌가?"

아빠의 자신 있는 한마디에 우리는 탈출 옵션을 주저 없이
스킵했다. 그리고 곧 그때 나가지 않은 것을 후회하는 시간이

찾아왔다. 계단을 오른 지 30분째. 피렌체에 가면 한 번쯤은 누구나 꼭 여길 들른다는 게 정녕 사실인가. 딱 한 사람이 지나갈 만한 너비의 계단 탑을 뱅글뱅글 돌다 보면 이게 과연 끝이 있기나 한 건지, 혹시 같은 곳이 반복되는 미로에 갇힌 건 아닌지 망상이 들기 시작한다. 다행히 드문드문 난 창으로 바깥을 내다보며 큐폴라까지의 거리를 가늠해볼 수 있었는데, 그럴 때마다 나는 마치 탑에 갇힌 죄수처럼 가로세로 창살이 쳐진 손바닥만 한 창 쪽으로 코를 쑤셔넣으며 바깥 공기를 들이마셨다. 지옥의 불구덩이에 떨어진 자가 천국을 올려다보며 물 한 방울을 떨어뜨려달라고 간청하는 기분이었다. 큐폴라에 올라 만나게 될 상쾌한 바깥바람은 하늘나라의 바람이겠지. 왜 이곳이 신의 은혜가 넘치는 곳인지 체감했다. 헉헉거리며 간신히 지옥을 통과해 천국에 다다른 기분을 느낄 수 있을 테니까.

천국에 도착한 그 기분을 말하자면, 와 하는 소리가 절로 나왔다. 누가 피렌체에 가면 뭘 꼭 봐야 하냐고 물어본다면 나는 그날 큐폴라 위에서 찍은 사진을 보여줄 거다. 새롭게 들리진 않겠지만, 그래도 두오모 종탑에 올라가서 피렌체를 내려다보라고 얘기하리라.

사방을 삥 둘러 시내가 내려다보였다. 하늘의 파란빛과 거기에 걸맞게 색이 바랜 듯한 벽돌색 지붕들. 로마시대의 것도 있고, 지은 지 얼마 안 된 것도 있는, 로마인의 예술혼과 건축미가 한눈에 들어온다. 단순하고도 화려했다. 그렇게 우리는 종탑에 걸터앉아 한참 동안 말없이 피렌체를 내려다보았다.

큐폴라에 있자니 이 맛에 여길 온다는 둥 계단 때문에 다시는 못 온다는 둥 상반된 견해들이 들려왔다. 내 안에도 모순적인 두 마음이 공존한다. 가끔 나도 모르게 휙 던지는 말을 내 귀가 자세히 들을 때가 있는데, 그다음엔 곧바로 '어, 진짜? 너 그렇게 생각해?' 하고 되묻는다. 어떨 때는 내가 여러 개인 것 같다. 말하는 나와 행동하는 나, 생각하는 나. 가끔은 이 많은 내가 한꺼번에 조화롭게 '나'가 된다는 것이 감격스럽다. 물론 간혹가다 이 여러 측면의 '나'가 서로 의견이 안 맞을 때도 있지만. 큐폴라를 오르내리는 동안 나에 대한 성찰로 많은 상념이 오고 갔다.

큐폴라에서 바라본 종탑.

낮고 작은 집들의 지붕이 사랑스럽다.

가보지 못한 성당이 있는 동네.

여행은 다회용

결혼 상대를 처음 고른 건 열세 살 때였다. 지금은 그의 얼굴조차 흐릿하지만 당시의 일기장을 들추어보면 내 고백은 확신에 넘쳤다.

"하느님, 저는 은수 오빠를 엄청 사랑해요. 오빠랑 결혼하게 해주세요."

그날의 일기에는 분홍색, 빨간색, 주황색 등 갖가지 붉은 계

　　　　　　　　　　　나를 데리고 떠났다

열의 색깔로 그려 넣은 하트가 열다섯 개나 된다. 같은 학원을 다녔던 그 멋진 오빠는 무려 중학생이었다. 길게 뻗은 팔다리와 조막만 한 얼굴에 뭘 입어도 태가 났다. 오빠가 지나가면 늘 은은한 비누향이 났고 눈이 마주치면 다정한 목소리로 인사를 해줬다. 그러면 나는 집에 와서 바로 일기장을 꺼내 그날의 중요한 사건을 기록하곤 했다.

두오모 큐폴라에서 내려온 우리는 근처 젤라또 가게에 앉아 잠시 쉬는 시간을 가졌다. 가게 앞에는 주택으로 보이는 건물이 있었는데, 그 집 2층 테라스에 한 남녀가 앉아 있었다. 남자

와 여자는 아직 정식으로 연인이 된 사이는 아닌 것 같았다. 여자는 적당한 거리를 유지하며 조용히 웃거나 우아하게 와인을 마시는 게 다였다. 그러나 남자는 바쁘고 진지했다. 무언가를 계속 얘기하면서 몸을 여자 쪽으로 당겼다가 다시 자세를 바르게 하고 앉았다가 손으로 머리를 만졌다가 여자의 잔과 접시가 비면 와인과 음식을 가져다주었다. 자신과 그녀를 특별한 사이로 만들어보려고 엄청 노력하는 것처럼 보였다.

남자의 사랑스럽고 귀여운 모습을 보다 보니 문득 어린 날의 내 풋풋한 사랑이 떠올랐다. 추억에 젖은 얼굴로 나는 엄마에게 그때를 회상했다. 한참 내 얘기를 듣다가 그제야 기억이 났는지 엄마가 손뼉을 탁 치며 말했다.

"아, 은수! 그 까불까불 조그맣고 귀엽던 애!"

기억이란 역시 객관적인 게 아닌가 보다. 까불거리는 오빠라니. 조그마한 오빠라니. 받아들일 수 없는 일이었다. 내 기억 속의 오빠는 분명 훤칠하고 듬직한 남자였거늘! 은수 오빠가 실제로 어떠했는지는 미궁으로 빠졌지만 한 가지 분명한 건 그를 좋아하던 그때의 나는 행복했다는 것이다. 내일은 오빠를 볼수 있을까, 내일은 오빠와 한마디라도 말을 섞을 수 있을까, 매일 밤 설레는 마음으로 잠자리에 들었다. 마음속에 두근거리는 대상이 있다는 건 그래서 즐거운 일인 것 같다. 내일을 기대하게 하고 그 기대감에 오늘을 충만하게 살게 되니까. 소설가 백영옥의 에세이 《빨강머리 앤이 하는 말》을 보면, 꿀을 좋아하는 곰돌이 푸가 가장 행복해하는 시간은 꿀을 먹는 시간이 아니라 꿀을 기다리는 시간이라는 대목이 있다.

여행도 그렇다. 기다림은 결과를 떠나 과정의 즐거움을 안겨준다. 떠나기 전에 그곳을 상상하고 기대하고 꿈꾸는 시간 역시 이미 여행의 일부이며 어쩌면 그 시간이 여행에서 가장 설레는 때일지도 모른다. 힘들 땐 이 노래를 초콜릿처럼 꺼내 먹으라던 자이언티의 노랫말처럼 여행도 돌아와서 언제든지 꺼내 먹을 수 있는 새로운 기억을 만드는 과정이다. 내가 순수했던 어린 사랑을 기억에서 꺼내 그때의 행복을 되살리듯이, 여행도 기억에서 꺼내 되살리고 싶은 어떤 것을 만드는 일이다. 그러니 여행은 한번 다녀오면 소비되고 없어지는 일회성의 체험이 아니다. 여행은 끝나도 여전히 마음속에 남아 내면의 풍경을 바꾸고 일상을 새로이 해준다. 용기가 필요할 때 힘을 주고 옹졸한 마음을 넓게 틔워주는 내면의 영양제가 되어준다. 그토록 수많은 이들이 삶을 키우는 가장 큰 방법으로 여행을 꼽는 것도 그래서가 아닐까.

가족여행을 온 듯한 여행자들.

나를 데리고 떠났다

500년 된 서랍장에 내 짐을 풀다

피렌체 숙소는 산타 마리아 노벨라 기차역 뒷골목에 있었다. 재미있고 적극적인 청년 앤드류는 우리더러 숙소에 오기 전에 호텔 50미터 앞에 있는 카페에서 커피와 크루아상을 먹고 올 것을 권했다. 그 집의 커피가 정말 맛있으며 주민들이 모여드는 아지트라는 설명과 함께. 열정적인 직원 앤드류의 말대로 우리는 그가 추천한 카페에 가서 커피와 크루아상을 주문해 먹었다. 그러고 나서야 우리는 카페를 나와 숙소로 향했다. 멀리서 앤드류로 보이는 청년이 목을 길게 빼고 우리 쪽을 바라보고 있었다. 하늘색 셔츠를 걸친 그는 서글서글한 인상으로 반갑게 맞아주었다.

"미안해요. 이 건물에는 엘리베이터가 없어요."

불길했다. 창살 대문을 열자 또 다른 검은 문이 나왔는데, 이걸 열었더니 다시 침침한 계단이 버티고 있었다. 오래된 건물이라 엘리베이터가 없다며 캐리어를 들어주겠다고 손을 내미는데 걱정스러움과 미안함이 교차했다. 거의 14킬로그램에 육박하는 캐리어를 들고 이 좁은 계단을 올라가야 하다니. 그렇다고 내가 이 짐을(캐리어 세 개와 배낭 두 개와 카페에서 사온 빵봉지 하나) 들고 계단을 빙글빙글 올라가자니 생각만 해도 머리가 빙글빙글 도는 것 같았다. 예약할 때 확인했던 숙소 이미지로는 큼지막한 집인 줄 알았는데 그 흔한 엘리베이터도 없다니. 나는 마지못해 캐리어를 건넸다. 많이 무겁다며 미안하다는 말과 함께. 놀랍게도 앤드류는 양손에 하나씩 캐리어를 번쩍 들더니 힘차게 계단을 올라갔다. 그 호리호리한 팔뚝 어디에서 그런 힘이 나오는 건지!

뒤를 돌아보니 펼쳐진 긴 복도. 맨 끝에는 주방과 욕실이 있다.

"자, 도착했어요. 현관을 여는 법이 복잡한데 알려드릴게요."

문을 여는 법이 꽤 복잡했다. 열쇠를 집어넣고 오른쪽으로
세 번, 왼쪽으로 한 번 돌린 다음 문을 잡아당기면 된단다. 그
좁은 문 앞에 성인 네 명이 옹기종기 모여 서서 한 명씩 열쇠를
잡고 여는 연습을 하고 나서야 드디어 우리는 숙소로 들어섰다.

'아, 망했다.'

어두컴컴하고 쾌쾌한 느낌의 복도가 길쭉하게 뻗어 있고 방은 딱 하나밖에 안 보였다. 분명 침실 두 개가 딸린 25평짜리 집이라고 했는데? 얼떨떨해하고 있는 그때, 앤드류가 현관문 뒤쪽을 쳐다보며 외쳤다.

"서프라이즈!"

현관문이 열리면서 문 뒤로 가려졌던 기다란 뒤쪽 복도와 그 끝에 있는 커다란 방이 보였다. 결국 집은 사람 한 명이 지나가면 딱 적당할 좁고 긴 복도를 가운데 두고 양쪽으로 방이 하나씩 있는, 아령 모양의 구조였달까. 살아생전 처음 보는 집 구조에 걱정스런 마음은 싹 사라지고 흥미가 샘솟기 시작했다. 그때 앤드류가 의외의 이야기를 던졌다.

"이 서랍장은 500년이 됐어요. 1600년대의 것이죠."

앤드류는 거실에 있던 서랍장을 열고 닫으면서 설명해줬

다. 그러고 보니 숙소에는 오래돼 보이는 가구들이 많았다. 원탁의 기사 갑옷이 걸려 있을 것만 같은 삐걱거리는 갈색 장롱과 밤이 되면 뭔가 스멀스멀 기어나올 것 같은 침대에선 세월이 느껴졌다.

원래 이 집 주인은 지금의 호스트인 크리스티나의 남편 지아니의 할아버지라고 한다. 할아버지는 토스카니에서 전원생활을 하던 농부였다. 그가 새로운 인생을 살게 된 건 제2차 세계대전 이후 이탈리아가 상업 국가로 성장할 무렵이었다. 당시 도시에서는 많은 인력을 구하고 있었는데, 그때 할아버지는 피렌체로 올라와 핸드 페인팅 도자기를 만드는 리처드 지노리^{Richard Ginori} 공장에서 일하게 되었다(오늘날 리처드 지노리는 구찌에 속해 있는 명품 테이블웨어 브랜드가 되었다). 할아버지와 그의 가족이 함께 도시생활을 시작한 보금자리가 바로 이 집이었다. 이후 할아버지는 요리사였던 할머니를 만나 결혼했고, 그들은 여기서 자녀들을 낳았으며 크리스티나의 남편 지아니도 이곳에서 자랐다.

크리스티나와 지아니가 이 집을 렌트 하우스로 만들자고 결심한 건 지아니의 부모님이 돌아가신 지 4년 후였다. 가족의 추

집 곳곳에는 크리스티나가 피렌체 빈티지 가게에서 구해온 옛 물건도 많았다.

억과 이탈리아의 전통이 묻어 있는 이 집을 세계의 여행자들과 공유하고 싶다는 게 이유였다. 아직도 숙소에는 지아니 가족의 삶이 깃들어 있었다. 침대 위의 리넨과 거실의 커튼은 모두 지아니의 할머니가 이탈리아 전통 방식대로 수놓은 것들이었다. 찻장에 세라믹 컵과 접시가 많은 것도 할아버지가 도자기 공장에서 일한 덕에 가족 모두가 도자기를 사랑하게 됐기 때문이었다. 전형적인 토스카니 스타일로 만들어진 200년 된 장롱은 지아니의 증조할아버지의 것이다. 이탈리아의 평범한 할머니가 손수 만든 커튼을 젖히면서, 증조할아버지의 200년 된 장롱에 옷들을 걸면서 나는 낯선 땅 낯선 이의 삶 속에 들어온 느낌을 받았다.

나를 데리고 떠났다

크리스티나와 직접 만나지는 못했다. 그녀와 연락이 닿은 건 우리가 도움을 요청해서였다. 숙소를 떠나는 날 체크아웃 시간은 12시인데 기차 탑승 시간은 오후 3시였다. 앤드류에게 사정을 이야기하면서 그 시간 동안 짐을 맡아줄 수 있냐고 물었더니, 우리가 떠나는 날 이미 도착하기로 한 손님들이 있어서 곤란하다고 했다. 그러더니 지도를 펴고 피렌체 기차역에 손쉽게 짐을 맡길 수 있는 방법에 대해 세심하게 알려주었다. 어려움이 생기면 언제든지 연락하라고, 원한다면 대신 예약을 해주겠다고 친절하게 웃었다. 그런데 그날 밤 크리스티나에게서 연락이 왔다. 앤드류한테 사정 얘기를 들었다며, 자신이 짐을 맡아줄 테니 숙소에 두고 가라는 고마운 소식이었다. 그렇게 크리스티나와 인사를 나눌 수 있었다.

떠나는 날 우리는 숙소에 짐을 두고 마지막으로 피렌체를 걸었다. 베키오 다리 위에서 아르노 강의 바람을 쐬고, 사지도 못할 비싼 보석가게를 들어가보고, 조그만 주스 가게에서 길고 긴 이름의 스무디 세 잔을 시켜 마셨다. 이름은 생각이 나지 않는다. 다만 점원이 많은 질문을 했다는 것만 기억에 남아 있다.

베키오 다리 위 수변 풍경.

"이 스무디에는 우유를 베이스로 사용하는데 원한다면 무지방 우유나 두유로 바꿔줄 수 있어요. 무지방 우유에도 알레르기가 있나요? 물을 넣어도 되지만 그러면 우유의 풍성한 맛이 없어지니까……. 아, 아니면 바나나를 반 개 더 추가하는 방법도 있는데, 그러면 바나나가 스무디를 조금 달게 만든다는 게 문제죠. 혹시 뒤편에 보면 우유 없이 채소와 과일을 갈아둔 주스들이 있는데, 그걸 소개해줄까요?"

우유가 많이 들어가느냐는 괜한 질문을 한 게 화근이었다. 나

나를 데리고 떠났다

는 그냥 맛있으면 된다고 대답했다. 그리고 스무디는 맛있었다.

숙소에 돌아왔을 때는 청소가 한창이었다. 우리 짐을 모아둔 거실로 다가가자 진한 락스 냄새가 풍겨왔다. 청소원으로 보이는 두 명의 직원이 장갑을 끼고 전문적인 자세로 청소를 하고 있었다. 복도에서는 무선 청소기가 돌아가고 복도 끝의 화장실에서는 락스가 뿌려지고 있었다. 이토록 고풍스럽고 예스러운 집 안에서 이토록 초현대적인 청소가 이루어지고 있다니. 숙소의 재미있는 이면이었다.

얼마 전 크리스티나로부터 메일 한 통이 왔다.

"피렌체에는 가을이 왔어요. 포도의 계절이 시작됐으니 곧 갓 만든 와인이 나올 거예요. 그리고 11월이 되면 오일 시즌이에요. 벌써부터 새로운 오일을 맛보고 싶네요. 가을의 신선한 오일을 맛보는 건 제가 매년 고대하는 일이랍니다."

가고 싶다, 또, 이 가을에도.

나를 데리고 떠났다

세기의 만남

　건축물을 만날 때마다, 심지어 지나가다 평범한 벽이나 돌덩이를 볼 때에도 우리 집 건축가의 설명은 빠지지 않았다. 사실 설명이 없었더라면 이 돌이나 저 돌이나 그저 돌에 불과했으므로 그 시대의 위대함에 대해서도 잘 몰랐을 터다. 예전에도 로마를 방문했었지만 그땐 큰 감명을 받지 못했다. "아는 만큼 보인다"는 진부한 말은 진리다. 첫 여행 때, 그 동상이 그 동상이고 그 성당이 그 성당이거늘, 하면서 지나쳤던 작품과 건축물들은 아빠의 해설이 더해지자 내 안에서 획기적인 작품으로 다시 태어났다. 아빠의 말마따나 그 옛날 어디에서 이런 큰 돌을 구해와(어떻게 여기까지 옮겨왔을까), 이토록 정교하게 다듬어서 잘 쌓아 올렸을까. 이들의 솜씨도 대단하지만 이걸 만들어달라고 주문한 사람이나 만들어주겠다고 대답한 사람이나 그 마음먹음이 어이없을 정도로 대단할 뿐이다. 미켈란젤로와 메디치 가문이 딱 그랬다.

메디치 가문은 14세기에서 17세기에 걸쳐 피렌체에서 가장 강력한 영향력을 떨쳤던, 피렌체공화국의 실제적인 통치자 집안이었다. 처음엔 작은 산골에서 농장을 운영하다가 금융업으로 은행을 세우면서 막대한 부를 쌓은 자수성가형 가문이다. 그리고 이 막대한 부를 학문과 예술에 쏟아부어 피렌체에 르네상스를 꽃피우게 한 바른 부자들이었다. 메디치 가문은 과학자, 예술가, 철학가를 불러들여 서로의 지식과 재능을 나누게 했고, 가문의 후원으로 탄생한 예술품을 피렌체에 기증하여 인구 30만여 명에 불과한 작은 도시를 세계적인 예술의 집합소로 탈바꿈시켰다. 물론 부정적인 평가도 있다. 세 명의 교황을 배출하고 혼인을 통해 프랑스와 영국 왕가와도 연결고리를 만들면서 건축물과 예술품으로 그들의 독재정치를 미화했다는 것이다.

지금까지도 로마에 이들의 손길이 닿지 않은 곳이 없으니 인류 역사에서 돈으로 할 수 있는 모든 것을 보여줬다는 평가를 받기도 한다. 자세한 내막은 모르지만 이탈리아를 사랑하는 여행자의 시선으로만 보자면 메디치 가문은 자신의 조국에 르네상스를 가져오고 지금의 이탈리아를 있게 한 중요한 존재로 보였다.

웬만해선 걸음을 멈추지 않는 아빠가 어느 고풍스런 건물 앞에서 움직이지 않았다.

"여기가 메디치 가문의 집이야."

그곳은 팔라초 메디치 리카르디였다. 1444년 설계를 시작해서 20년이 넘는 공사기간을 거쳐 지어진 메디치 가문의 저택이었다. 메디치가는 1456년에 이곳으로 입주했지만 섬세한 세부 장식까지 완벽하게 마무리된 건 1469년이었다고 한다. '저택'이라는 말이 이토록 잘 어울리는 집이 있으려나. 전혀 가공하지 않은 돌덩이들을 그대로 쌓아 올려 만든 1층 외관부터가 예사롭지 않았다. 1층, 2층, 3층이 모두 각기 다른 양식과 기법으로 지어졌고, 3층 건물이지만 현대의 8층 건물과 비슷할 만큼

층고가 높았다. 안쪽으로 들어서니 바치오 반디넬리가 조각한 오르페우스 조각상이 서 있고, 그 위로 정사각형의 천장이 뻥 뚫려 있어 피렌체의 하늘과 구름이 보였다. 곳곳에 메디치가를 상징하는 강렬한 사자 문양이 방문객을 바라보고 있었고, 사방이 그림으로 채워진 개인 예배당도 있었다. 누가 실제로 살았던 집이라기보다는 누구에게 보여주려고 만든 작품 같았다. 회랑에서 연결되는 정원에는 비너스가 좋아했다는 오렌지 나무가 심어져 있었다. 드레스 차림의 귀족들이 우아하게 오가는 장면을 상상하면서 정원을 거닐다가 우연히 조각상 위에 앉아 있는 비둘기에 눈이 멈췄다. 조각상의 머리 위에서 고개를 바짝 쳐들고 있는 비둘기조차 얼마나 격조 있어 보이던지.

시대를 풍미했던 메디치가는 미켈란젤로의 천재적인 능력을 단번에 알아차렸다. 특히 로렌초 데 메디치는 미켈란젤로를 적극적으로 후원하면서 작품을 만들게도 하고 완성된 작품을 사기도 하며 그를 예술가로 키워냈다. 이후로도 죽 메디치가는 미켈란젤로를 뒤에서 도와주었다. 메디치 가문이 없었다면 미켈란젤로는 자신의 잠재적인 재능을 끌어내 예술로 승화시키지 못했을 것이고, 또 미켈란젤로가 없었다면 메디치 가문은 시

나를 데리고 떠났다

메디치가의 상징인 사자.　　　　　　　메디치가의 정원을 마음대로 드나드는 비둘기.

대를 앞서가는 그 놀라운 작품들을 소유할 수 없었을 것이다.
평생의 인연. 모두가 꿈꾸는 만남이 아닐까.

　만남이란 주제는 한국인들에게도 큰 관심사다. 만남 혹은 인
연 혹은 운명. 좋은 만남 몇 번만 있어도 인생은 다른 선택이 가
능하고 예상치 못한 길로 들어서기도 한다. 마치 미켈란젤로와
메디치 가문처럼. 그래서 나도 사는 동안 좋은 만남이 계속되
기를 기대한다. 만남에 대해 생각하고 있자니 예전에 베트남에
갔을 때 만났던 네덜란드 친구가 떠올랐다. 그를 만난 건 베트

남 고산지역 사파에서였다. 당시만 해도 사파는 한국인이 거의 가지 않는 오지였다. 현지 소수민족 마을 트레킹 투어를 떠났다가 거기서 산길을 함께 걸었던 네덜란드 청년과 꽤 많은 이야기를 나누었다. 시간이 겹치지 않아 단 하루밖에 함께할 수 없었지만 한국으로 돌아온 이후에도 우린 SNS로 소식을 주고받았다. 그가 서울에 여행 왔을 때 나는 삼겹살집에서 쌈 싸먹는 걸 시전하며 저녁 내내 한국살이를 가르쳐주었다. 그러다 내가 네덜란드로 출장을 가게 되자 그는 자기가 대접할 차례라며 기뻐했다. 이렇듯 만남은 특별한 것 같다. 네덜란드 하면 무엇보다 '아, 내 친구 딜런이 거기 있는데'라고 시작하게 되니까. 그것만으로 네덜란드는 한층 더 내게 의미 있는 땅이 되어버렸으니 말이다.

기념품의 역할

"우와, 이거 너무 예쁘다."

피렌체의 한 기념품 가게 앞에서 눈을 못 떼고 이것저것 살펴고 있었다. 예쁜 스노볼이 있었는데 한국까지 가져가기에는 조금 컸다. 작은 스노볼도 있었지만 그건 마음에 들지 않았다.

'들고 다니기 부담스러우니 작은 걸로 살까? 그러기엔 가격 차이도 얼마 안 나는데 기왕이면 마음에 드는 걸 사는 게 낫지 않을까? 아, 그러고 보니 여기 너무 오래 서 있었네. 아직 결정을 못 내렸는데……. 그냥 다른 데 가자. 돌아다니다 보면 또 마음에 드는 게 있겠지.'

결국엔 없었다. 다른 가게에서도, 다른 도시에서도 그렇게 마음에 드는 스노볼은 찾지 못했다. 끝까지 고민하고 끝까지 다음을 기대하다가 결국 나는 공항 면세점에서 성에 안 차는 무난한 스노볼 하나를 사고 말았다. 항상 이런 식이었다. 고민만 하다

가 종국에는 아무것도 못 사서 후회하는 건 나의 단골 레퍼토리였다. 특히 개인 시간이 거의 없는 출장지에서라면 더 그랬다. 눈 떠서 잠자리에 들 때까지 모든 일정이 취재거리가 되는 출장에서는 사진 찍으랴 설명 들으랴 메모하랴 녹음하랴 정신이 하나도 없다. 그 와중에 마음에 드는 기념품을 발견했다면 그 즉시 집어서 취재가 끝나자마자 재빠르게 계산을 하고 일행을 따라가야 한다. 여행기자로 생활하며 얻은 소소한 노하우랄까.

한번은 취재차 네덜란드의 한 성당에 방문했을 때의 일이다. 취재 중 기념품숍을 구경할 수 있는 5분의 자유시간이 주어졌다. 한 켠에서 옛날 네덜란드를 그려놓은 다이어리를 발견했다. 가난한 사회 초년생에게는 약간의 부담이 됐던 가격과, 성당의 로고가 새겨진 의미 있는 기념품이라는 갈등 사이에서 갈팡질팡 망설이고 있었다. 그때 한 선배 언니가 다가오더니 내 손에 들려 있던 다이어리를 낚아채 계산대로 가지고 갔다. 선배는 다이어리를 선물해주면서 나에게 말했다.

"맘에 들면 바로 사버려야 돼! 여행 중에 두 번째는 잘 오지 않거든."

아빠는 나와 다르게 마음에 꽂히면 바로 사는 스타일이다. 결정도 빠르고 소비의 기준도 분명하다. 아빠가 마음에 두는 건 대부분 그림이다. 아빠는 그림을 정말 많이 샀다. 포지타노에는 서울의 갤러리에서나 볼 법한 멋진 그림들이 길거리에 흔하게 널려 있었다. 포지타노 해안에 앉아서 줄 달린 안경을 쓰고 그림을 그리던 화가 할아버지는 엽서같이 작은 캔버스에 그린 유화를 팔았다. 아빠는 포지타노에 처음 도착한 날부터 그림을 사가야겠다고 했다. 그러나 마지막 날 레몬주와 레몬사탕을 사느라 정신을 팔다가 살레르노로 떠나는 배에 올라타서야 그림을 사지 않았다는 사실을 깨달았다. 아빠는 포지타노의 그림들을 아쉬워하며 아말피에서 뭉텅, 로마에서 뭉텅, 피렌체에서 뭉텅, 부라노에서 뭉텅 그림을 샀다. 물론 한 장에 적으면 1유로, 비싸도 10유로를 넘지 않는 저렴한 그림들이었다. 그래도 아빠가 산 그림은 스무 장이 넘었고 그림엽서는 열 장이 넘었으며, 여기에 그림 달력 네 개와 그림 자석 두 개를 추가로 구매했다(아빠의 모든 여행 기념품과 선물이 다 그림이었다). 놀라운 건 이 모든 것을 사는 데 그리 긴 시간이 걸리지 않았다는 것이다. 그림을 살 때만큼은 아빠의 눈빛은 확신으로 가득 차 있었고, 그림을 잡는 손에는 거침이 없었다.

　예술혼이 충만한 아빠는 한국에 돌아와서 단정한 액자를 여러 개 사더니 그림을 끼워 집안 곳곳에 걸어두었다. 아빠가 그림을 살 때만 해도 이렇게까지 할 필요가 있나 싶었는데, 막상 집에서 다시 보니 좋았다. 걸어둔 그림은 그때의 감정과 느낌을 고스란히 간직하고 있었다. 그림을 볼 때마다 이탈리아 여행에서의 감정이 그대로 되살아났다. 참 잘 사왔구나, 기념품의 용도는 이런 것이겠구나 생각했다. 기념품을 산다는 것은 여행의 기억을 사는 것과 같은 것이 아닐까. 그때의 기분을 일상에 고스란히 가져와서 걸어두고 놓아두고 붙여놓는 그런 것. 자석

이, 엽서가, 스노볼이, 또 누군가에겐 아무 의미도 없는 영수증이, 버스표가, 제품 라벨이 간직하고 싶은 기분을 저장하는 매개체가 되어줄 수도 있는 것이다.

피렌체에서 스노볼을 내려놓고 가게에서 나왔을 때 왠지 똑같은 실수를 반복할 것 같다는 예감이 들었다. 내 눈과 마음을 즐겁게 해주었던 도시, 거리, 가게에서 직접 고른 기념품을 들고 오지 못하고, 마지막 여행지나 면세점에서 부랴부랴 무언가를 사게 될 것 같은 불길한 예감이었다. 그래서 이후부터 아빠와 엄마에게 의지했다. 아빠가 그림을 살 때 같은 걸로 내 것도 한 개 더 얹어놓고, 엄마와 쇼핑을 할 때 두 가지 중에 어떤 게 나은지 선택권을 양보하기도 했다.

덕분에 지금 노트북 옆에는 무라노에서 사온 컵에 로마에서 온 이탈리아산 원두커피가 향긋한 향을 내고 있고, 고개를 들면 피렌체에서 사온 산드로 보티첼리의 그림이 붙어 있다. 컵을 들 때마다 무라노의 작은 광장에서 쏟아지던 햇살을 받으며 걸었던 오후가, 원두 봉지를 열 때마다 커피로 시작했던 로마 숙소에서의 아침이, 그림을 볼 때마다 딸기 젤라또를 들고 피렌체의 거리를 걸었던 그 행복이 되살아난다. 나는 다짐한다. 다음에는 꼭 첫 여행지에서 처음으로 눈에 든 첫 기념품을 한 치의 망설임도 없이 사겠노라고.

"어떨 때는 내가 여러 개인 것 같다.

말하는 나와 행동하는 나, 생각하는 나.

가끔은 이 많은 내가 한꺼번에 조화롭게

'나'가 된다는 것이 감격스럽다."

Chapter 6

로마

[Roma]

선조들의 '열일'에 대하여

    지구촌 곳곳에서 불황이라는 말이 자주 들리는 요즘이다. 더욱이 묻혀 있는 기름도, 광활한 땅도 없는 나라는 말할 것도 없다. 로마에 도착해 처음 느낀 감정은 참 유적이 많다는 거였다. 이탈리아는 세계문화유산 최대 보유국이다. 그중에서도 로마는 콜로세움, 개선문, 포로 로마노, 트레비 분수, 판테온, 베네치아 광장, 바티칸 등 수많은 유적으로 '도시 전체가 박물관'이라는 표현을 써도 무색하지 않다. 나뿐만 아니라 부모님의 학창 시절을 통틀어 미술책, 세계사책에서 익히 들어본 적 있는 세

바티칸 성 베드로 성당의 예배당.

계문화유산이 어찌나 많은지. 그리 넓지도 않은 도시 안에 여기도 저기도 온통 유산이다. 미리 알고 만든 유적들이겠느냐마는 조상 덕을 톡톡히 보는 셈이다.

불로소득의 매력을 느낀 건 꽤 어렸을 때였다. "버는 놈 따로 있고 쓰는 놈 따로 있나?" 이 말은 드라마에서 종종 들어본 대사였다. 세상 사람이 버는 놈과 쓰는 놈으로 나누어지는 거라면 나는 쓰는 놈이 되리라 소원했다. 물론 크고 나니 생각에 조금 변화가 생겼다. 난 버는 놈이기도 쓰는 놈이기도 했으면 좋겠다는 거다. 잘 벌고 잘 썼으면 좋겠다, 내 인생은.

그런 의미에서 로마 사람들은 버는 로마인 따로 있고 쓰는 로마인 따로 있는 관광사업을 가지고 있는 거나 다름없다. 취업을 준비하면서 백수 생활을 경험해봤는데, 일 안 하고 쓰기만 하는 것도 상황에 따라 못할 짓이었다. 결국 중요한 건 명분이었다. 노는 게 아니라 쉬는 거라든가, 일하고 난 뒤에 휴식 차 논다든가, 노는 게 곧 일이 된다든가. 그러고 보면 우리나라의 속담 역시 쓰는 놈도 버는 놈도 마음이 편치 않다는 데에서 나온 것일까. 어떤 이는 벌다가 지쳐 이 말을 내뱉었을 테고, 어떤

이는 쓰는 놈이 되어 비아냥거림의 대상이 됐어야 할지도 모른다. 짧디짧은 몇 년간의 사회생활을 통해서 나도 이 감정에 공감할 수 있게 되었다. 나보다 편히 누리는 사람이 많을 때 괜히 짜증이 나고, 어쩌다 내가 누리는 사람이 되는 순간에는 나 역시 그럼 어쩌란 말이냐 하는 마음이 되었다. 나를 돌아보자니 내가 무능하다는 비난이 무조건 듣기 싫었던 것 같다. 아무도 나에게 무능하다고 하진 않았지만. 그건 내가 스스로에게 던지는 기분 나쁜 비난이었을 것이다.

기대치에 대한 글을 읽은 적이 있다. 내가 나에게 가지고 있는 기대치가 있고 이 정도는 되어야 나답다고 받아들여지는 선이 있다는 것이다. 내가 나에게 기대하고 스스로 선을 정하고 다그친다. 그러나 나는 그 기대만큼 할 수 없거나, 열심히 한다고 했지만 그 수준에 못 미칠 때가 비일비재하다. 결국 나는 나하고 자주 갈등을 일으킨다. 나는 내 일생의 경험을 통해서 내가 어떤 일을 어떤 속도로 얼마만큼 하는지에 대한 통계치를 이미 머릿속에 가지고 있음에도 불구하고, 여전히 더 잘했어야 된다든가 다르게 했어야 된다든가 하면서 나에게 쯧쯧 혀를 찬다. 이만큼 해내야 하는 나와 이만큼 해내지 못하는 나는 모두

바티칸 시국 광장의 기둥.

바티칸 교황청의 근위병 교대식.

천사의 다리 위에 있는 천사상.

난데, 그 '나'들의 간극은 좀처럼 좁혀지지 않는다.

자기 속에 자기가 여럿 있다는 것은 유수의 철학자와 예술가들이 통찰한 바다. 나도 이제 동의한다. 내 안엔 큰 힘 들이지 않고 엄청 잘 벌고 아무 부담감 없이 엄청 잘 쓰고 싶은 불타는 소망이 있다는 것을. 한편 또 다른 나는 두 손을 모으며 나를 달랜다. 엔간히 하라고.

버스 휴양

로마의 유적은 돌아보기 쉽게 옹기종기 잘 모여 있었다. 그 래서 대부분 걸어 다니면서 보거나 버스로 잠깐 이동하면 쉽게 볼 수 있었다. 그럼에도 엄마는 얼마 못 가 힘들어했고 7월의 로 마는 오래 걷기엔 꽤나 더웠다. 아빠는 오렌지색 등산용 수건을 목에 두르고 더위쯤 별거 아니라는 태도로 앞서 걸었다. 얼굴이 발갛게 달아오른 나도 점점 더위에 지쳐갔다.

주요 도시를 여행하다 보면 심심찮게 만나게 되는 투어버스가 로마 전역에서 자주 눈에 띄었다. 버스 색깔이 다양한 건 서로 다른 회사가 운영하기 때문이었다. 그중에는 눈에 익은 빨간 버스도 있었다. 전 세계 스무 개가 넘는 도시를 굴러다니는 빅버스다. 몇 달 전, 홍콩에 갔을 때 빅버스를 타고 홍콩 해안도로를 달렸었다. 홍콩에 여러 번 가다 보니 게을러졌던 것일까? 버스에 기대 앉아 도시와 바다를 휙 둘러봤던 경험은 너무나 편하고 만족스러웠다. 그 기억을 더듬어 나는 로마에서도 시티투어 버스를 타보자고 말했다. 마침 우리 앞에 분홍색 '아이 러브 로마' 버스가 지나갔다.

"저거 타자!"

버스는 어떻게 타는지, 티켓은 어떻게 사는지, 서울을 떠나는 날까지 업무에 매여 있던 우리는 아무것도 아는 게 없었다. 다시 한 번 '너 와봤다며?' 하는 눈초리를 받고 나서야 생가죽 냄새를 풀풀 풍기며 호객행위를 하고 있는 가방집 아저씨에게 다가가 상냥하게 물었다.

"저, 버스 어디서 타요?"

길모퉁이에 있는 제법 큰 가판대 가방집이었는데 그 주인아저씨가 의외의 대답을 했다.

"그 버스표 여기서 팔아요."

그러고 보니 주렁주렁 걸려 있는 가방들 옆으로 '아이 러브 로마 버스 티켓'을 판매한다는 배너가 조그맣게 붙어 있었다. 긴가민가하면서 둘러보는데 길 건너편에 절대 안전한 표만 판매할 걸로 보이는 멀끔한 매장이 눈에 들어왔다. 겁 많고 현금이 필요했던 우리는 아저씨의 열정적인 티켓 영업을 간신히 떨쳐내고 건너편 매장으로 들어갔다. 이미 몇몇 사람들이 줄을 서서 표를 사고 있었고, 창구에는 신용카드도 받는다는 안내문이 붙어 있었다. 안심한 우리는 줄을 서서, 개시한 시점부터 24시간 동안 무제한으로 버스를 이용할 수 있는 티켓을 구입했다.

그날 그 표를 사고 얼마나 요긴하게 썼는지 모른다. 그다음 날 아침 일찍 일어나 거의 한나절을 시티투어 버스로만 이동했기 때문이다. 버스 2층에 앉아 있으면 한낮의 해가 내리쬐기 전까지는 꽤나 시원했다. 바람이 솔솔 머리 위로 지나다니고 버

2층 버스에서 내려다본 로마의 길.

스는 나이도 가늠하기 어려운 크고 무성한 가로수 잎을 살짝살 짝 건드리며 길을 달렸다. 손을 뻗어 로마의 나뭇잎을 만지며 지나갈 때의 기분도 썩 좋았다. 로마 시내 전체에서 자라는 이 커다란 나무들은 도대체 몇 살이기에 이렇게나 크고 풍성할까.

나무를 올려다보고 사람들을 내려다보고 멀찍이 유적들을 쳐다보고 하다 보니 오전이 지나갔다. 해가 뜨거워지는 시간이 될 때쯤 1층으로 내려가 앉으면 은혜롭게도 시원한 에어컨이 나왔다. 숨차게 내달린 여행 중에 느긋한 휴양을 하는 기분이 었다. 그것도 로마 한복판에서. 우리 가족의 태도는 동남아 바 닷가에 앉은 한량 여행자 같았다. 바쁠 것도 없고 급할 것도 없

나를 데리고 떠났다

는 느긋한 태도와 표정. 장소마다 설명이 여러 개 언어로 나오는 이어폰도 있었지만, 듣다 말다 했다. 잘 모르면 모르는 대로 알면 아는 대로 로마가 주는 풍취를 그대로 느끼면서 버스 휴양을 누렸다. 이제야말로 로마 안에 머무르는 기분이 제대로 들었다. 그 전날에는 여기저기 정신없이 쏘다니느라 로마의 향기를 맡을 여유도 없었는데.

버스는 몇 가지 노선으로 움직였다. 그래서 원하는 노선의 표를 사면 버스는 그 라인 안에서 뱅글뱅글 돌았다. 때문에 같은 노선 안에서는 어디서 타고 어디서 내리든 상관없었다. 1일권, 3일권, 기간 티켓도 다양했다. 그리 헐값은 아니었지만 사실 조금만 움직여도 교통비는 만만치 않게 드는 법 아닌가.

장난을 치며 건널목 신호를 기다리는 커플.　　　　　　　　천사의 성을 알리는 표지판.

모든 걸 떠나서 뚜껑 열린 2층 버스에 앉아 이국적인 도시를 아무 생각 없이 바라보는 이방인이 될 수 있다는 것. 고대에 지어진 이 도시를 위에서 바라볼 수 있다는 것. 한결 가벼워진 몸과 느긋한 시선으로 도시 구석구석을 들여다볼 수 있다는 것. 이를테면 횡단보도 앞에서 신호를 기다리며 장난을 치는 연인의 모습이나, 서류가방을 들고 통화를 하며 버스를 기다리는 직장인의 모습 같은 로마의 일상들. 그것만으로도 버스 값이 아깝지 않았다. 앞으로 큰 도시에 가면 투어버스를 타야겠다. 서울에 있는 투어버스도 한번 타보면 재미가 있으려나. 왠지 타보고 싶다는 생각이 들기도 했다. 엄마는 다리도 안 아프게 로마를 다 둘러봤다며 버스투어에 대단히 만족해했다. 엄마가 좋아하는 모습에 아빠도 덩달아 기뻐했고, 두 분이 흡족해하시니 반 가이드가 된 나도 흐뭇할 수밖에!

내가 스물한 살이었더라면 결코 타지 않았을 버스였다. 유럽 여행을 와서 무슨 시티버스냐며, 그런 '관광'은 진정한 여행자답지 않은 선택이라고, 진부함이라면 질색하던 갓 스물의 나는 두 다리로 로마를 헤집고 다녔더랬다. 뚜껑 열린 2층 좌석에 편안하게 앉은 채로 한때 발이 퉁퉁 붓도록 걸었던 바로 그

거리를 지나며 생각했다. 가끔은 내가 하지 않는 방법, 내가 잘 가지 않는 곳, 내가 선택해오지 않았던 여러 가능성에 무심하게 접근해보는 것도 좋은 삶의 태도일 거라고. 그게 거기 있다면 그건 거기 있어야 될 이유가 있을 테니까. 그게 거기서 인기가 있다면 그곳의 많은 사람들이 필요로 하는 것일 테니까. 그러니까 그들 속으로 들어가보는 것도 괜찮은 여행이지 않겠는가. 가까이에서 익숙하게 늘 보아왔지만 손을 뻗어 잡아본 적은 없는 낯설고도 다른 삶의 방식들. 한 살씩 더 먹어갈수록 전형적인 것들에 관심이 생기는 걸 보니 나는 점점 세상 사는 클래식한 맛을 알아가는 것 같다. 엄마는 종종 이런 말을 했다.

"세상 똑같은 사람 아무도 없어."
"사람 다 똑같아. 누군 뭐 다르니?"

이 상반된 말들 모두 절대 진리라고 했다. 무엇이 될지 몰라 오히려 더 불안하기만 했던 사춘기의 나는 특별하지 않으면 죽는 줄만 알았다. 무슨 일을 하고 살아야 할지 고민이 많았던 20대 땐 특별하지 않아도 되니 남들 하는 것처럼 취직이나 되길 바랐다. 나 역시 특별하고 평범하다. 생각이 여기에 미칠 때쯤

버스는 모퉁이 길을 지나고 있었다. 그때 키 큰 나무의 이파리가 내 뺨을 스쳤다. 그래, 이런 여행법도 나름 괜찮네.

관광객 놀이

각종 요리 프로그램이나 여행 프로그램에 나온 이탈리아 맛집에 실제로 가보면 맛있기도 했고 맛없기도 했다. 과한 리액션에 속은 것 같아 짜증났지만 그 덕분에 맛집 찾느라고 골목 골목 발품 팔고⋯⋯ 이게 여행이지 뭐겠는가. 인사동 뒷골목에 가보면 비빔밥, 불고기 등 메뉴가 영어로 써 있는 간판이 즐비하다. 종로에서 일했던 내 입장에서는 그 집이 그 집이고 그 맛이 그 맛인데. 진짜 맛있는 집은 그 골목이 아니라 저 뒤쪽에 있는데. 관광객들은 별다를 것 없는 집 앞에서 SNS를 뒤지며 여기가 맞다느니 아니라느니 대토론을 벌인다.

로마에서의 내 모습도 다르지 않았다. 이 집 저 집을 찾아 헤매다가 문득 이런 생각이 들었다. 나는 지금 관광객 놀이를 하고 있다고. 참 관광객답다고. 아름다운 이곳에 놀러 온 사람들. 타이틀이 썩 마음에 들었다. 조금 더 헤매고 조금 덜 맛있어도 괜찮을 것 같은 너그러운 마음이 생겼다.

창문 안으로 로마인의 일상이 엿보인다.

나를 데리고 떠났다

의외로 너무 컸던 콜로세움

콜로세움은 마치 두어 번 가본 것처럼 익숙하게 느껴졌다. 역사시간에 교과서에서, 크리스마스 무렵의 TV 단골 명화 속에서 많이 봐왔으니까. 그래서 실제로 뭐 그리 크고 엄청난 감동이 있겠나 싶은 예상을 하며 잠시 가족회의를 했다.

"볼 게 넘쳐나는데 굳이?"

우리 가족 성격으로 본다면 아마 안 갔을 것이다. 만일 버스

노선에 콜로세움이 포함되어 있지 않았다면 말이다. 아마도 고 즈넉한 성당에서 벽화를 하나 더 보거나 카페에서 커피를 한 잔 더 마시는 쪽을 택했을 것이다. 그런데 시티 투어버스가 콜 로세움을 지나가는 것이다. 그래서 갔다. 내리기만 하면 되니 까. 가는 길도 편한데 쉬어가는 코스로 한번 보고 가자는 마음 이었다. 그렇게 버스를 타고 가다 보니 멀리서부터 콜로세움으 로 추정되는 건물이 보였다. 그때 머릿속에 떠올랐던 생각은, 저게 뭐냐는 거였다. 저게 콜로세움이라고?

생긴 건 콜로세움인데, 내가 아는 그 콜로세움이라기에는 너 무 컸다. 점점 가까이 다가설수록 콜로세움은 도시를 집어삼킬 만큼, 뭐라 말로 형언하기 어려울 정도로 정말 거대했다. 타원 형의 콜로세움은 둘레 길이만 520미터가 넘고, 높이는 48미터 나 된다고 한다. 그 안에는 무려 5만여 명을 수용할 수 있는 계 단이 설치되어 있었다. 예전엔 햇빛과 비를 막기 위한 차양을 매다는 240개의 깃대와 그걸 받치는 지지대, 그리고 80개의 아 치식 입구가 있었다고 한다. 지금으로부터 2천 년 전, 기계도 기술도 없었던 까마득한 옛날에 이런 규모의 건축물을, 그것 도 둥근 원형으로 지어놓고, 심지어 지하까지 파서 미로를 만

나를 데리고 떠났다

들어놓다니. 직접 눈으로 보니 그 규모와 작품성에 우선 감탄부터 터져나왔다.

거대한 콜로세움을 마주하고 있자니 어린 시절 나를 가르친 교과서에 배신감이 느껴졌다. 책에서 보았던 콜로세움은 내 손바닥 안에 들어오는 크기로 축소되어 실린 것이었으니. 그 사진에 의지해 콜로세움을 상상해온 나는 딱 보여지는 것만큼만 보았던 셈이다. 순간 내가 믿고 있는 정보와 지식이 사실은 정확하지 않은 것일 수도 있겠다는 생각이 들었다. 콜로세움 앞에서 기념으로 사진을 한 장 찍었다. 사진 안에 콜로세움을 배경으로 서 있는 내가 보기 좋다. '오지 않은 자여, 함부로 말하지 마라.' 나름의 교훈을 가슴에 새기며 진짜 콜로세움을 마음에 담았다.

한편으론 슬프기도 했다. 이 멋진 건축물 안에서 죽고 죽이는 그 잔혹한 게임을 누구는 환호하며 구경하고 누구는 강제로 내몰려 죽임을 당하고, 누구는 생업으로 삼아 먹고살았을 테니. 똑같은 마음이 들었는지 엄마도 "와, 멋지다" 하다가 "여기서 그런 일이 있었단 말이지" 하다가 상반된 두 감정 사이를 연거푸 오가는 듯했다. 그런 말들에 꽤 공감되는 걸 보니 나도

정말 '큰' 콜로세움은 좀처럼 사진에 담기지 않는다.

이제 어른이 되었나 보다. 부모님이 서로 주고받는 말 중에 마음에 남은 말이 있었다.

"그러니 누구 덕에 누가 살고 있는 건지 아무도 모르는 거야."

표 팔던 사람이 노예 검투사 덕에 먹고산 건지, 검투사가 그에게 선처를 베푼 교도관 덕에 산 건지. 그들의 복잡하게 얽힌 역사 덕분에 이탈리아 사람들이 관광 수입으로 사는 건지, 그걸 보러 와서 감탄과 감격을 반복하고 재충전해서 돌아가는 우리 같은 여행자가 그 덕에 사는 건지. 그러나 절망을 하자니 역사는 지금도 계속되고 있다는 것을 알고 있으므로, 누가 누구 덕에 사는지 모르겠다 싶을 때일수록 누군가 내 덕에 사는 사람들이 있을 수 있다는 생각으로 좋은 일 하며 살아야겠다.

콜로세움을 옆에 두고 걷다 보니 포로 로마노가 이어졌다. 포로 로마노는 오래된 로마에서도 가장 오래된 기원전 6세기의 포럼이다. 고대명으로는 포룸 로마눔이라고 부르는데 포룸은 시장, 시민회관, 성당, 로마제국의 영웅을 기리는 기념비가 모여 있는 도시 광장이자 공회장을 의미한다. 시민들이 공공생

나를 데리고 떠났다

활을 할 수 있는 공간이었고, 이후에는 정치·경제·종교의 중심지로 변모하면서 천 년 동안 로마제국의 심장으로 활약했다. 2019년의 한국에 비교하자면 서울 시청이나 광화문 정도가 되는 걸까. 누군가 이곳은 꼭 가보라고, 그냥 지나치지 말라고 했던 말이 생각나 잠시 기웃거려보았다. 그러나 그날 안에 가봐야 할 곳이 너무나 많아서 다 둘러보지 못하고 돌아나왔다. 그 고대의 흔적 위를 더 오래 걸어가보았으면 좋았을걸. 아쉬움이 지금도 남는다. 이런저런 아쉬움이 거듭 쌓이고 쌓여 또 이런저런 잊을 수 없는 장면들이 겹치고 겹쳐 다시 이탈리아로 여행을 오게 되는 걸까? 아마도.

자물쇠를 채우다

  오후의 햇볕에 테베레 강이 반짝였고 그 위로 새들이 날았다. 오랜만에 듣는 플루트 소리가 다리를 타고 퍼져나갔다. 길거리 연주자 머리 위로 커다란 천사상이 천 자락을 휘두르며 하늘을 우러러보고 있었다. 미술관이나 성당 안에서 보았던 천사상이었다. 갇힌 공간에서 나와 하늘을 배경으로 선 천사상은 방금 구름을 타고 내려와 잠시 숨을 고르고 있는 것 같은 분위기를 풍겼다. 베르니니의 작품이라고 했다. 천사의 성은 로마 제국의 황제 하드리아누스와 그의 가족들을 위해 만들어진 무

나를 데리고 떠났다

덤이었다. 다리 끝에 서면 양옆으로 베르니니의 천사들이 입구를 지키고 있고 그 끝, 천사의 성 가장 높은 곳에 대천사 미카엘 상이 있었다. 한 손에는 칼을 들고 두 날개를 활짝 편 채로.

이곳에는 연인들이 자물쇠를 채우고 테베레 강에 열쇠를 던지면 영원한 사랑이 이루어진다는 전설이 흐른다고 한다. 언제 어디에서부터 시작된 전설인지는 모르겠지만 천사의 다리를 걷다 보니 정말 그럴 것 같았다. 천사들이 굽어 살피는 가운데 나의 사랑을 걸어두고 온화한 테베레 강에 나의 맹세를 던져둔다면 과연 그 사랑은 공고하게 지켜질 것 같았다. 그 누구라도 믿게 될 것 같았다. 마치 아름다운 성당에 들어서면 신의임재가 느껴지듯이.

자물쇠는 무언가를 잠그는 장치. 사람들은 여기에 연인의이름과 기억하고 싶은 날짜나 둘만의 특별한 사연을 적어놓고잠근다. 그것은 곧 그들의 사랑을 잠근 것. 그러고 나서 열쇠를강에 던진다. 이제 누구도 자물쇠를 열 수 없다. 그들의 사랑은봉인되는 것이다.

자물쇠 뭉치를 들여다보니 모양도 크기도 다양했다. 투박하지만 눈에 탁 띄는 것, 빨갛고 오동통한 것, 샛노란 하트 모양…… 저 자물쇠의 주인들은 자신들의 사랑을 닮은 자물쇠를 고른 것일까. 이 앞에서 맹세했을 그 많은 사랑의 고백들을 상상해보았다. 아마 어떤 자물쇠는 이미 풀렸을 것이고 어떤 것은 아직도 굳게 잠겨 있겠지. 여기에 자물쇠를 채웠던 이들 중 누군가는 지금 어딘가에서 또 다른 자물쇠를 채우고 있을지도 모르겠다. 이 무수한 자물쇠 중에 영원히 잠겨 있을 자물쇠는 몇 개나 될까. 갑자기 궁금해졌다.

여기 채워진 사랑이 끝내 풀리지 않기를…….

로마뿐만이 아니다. 우리나라의 남산은 물론이고 체코 프라하, 독일 쾰렌, 러시아 모스크바, 우루과이 몬테비데오, 중국 황산, 헝가리 페이치, 폴란드 브로츠와프……. 지금 이 순간에도 지구 곳곳의 가장 아름답다는 장소에서 연인들은 자물쇠를 채우고 있을 것이다. 프랑스 파리의 센강 다리는 엄청난 수량의 자물쇠 무게를 감당하지 못한 나머지 2015년 철거하고 말았다. 철거가 결정된 그 순간을 오히려 환호했을 사람은 몇이나 됐을까도 궁금해졌다. 셀 수 없이 많았을까. 결혼반지의 유래가 노예제도가 있는 로마시대의 족쇄에서 나왔다는 얘기를 들은 적이 있다. 사랑이 영원했으면 좋겠다. 족쇄를 채워서라도. 그건 온 세상 사람들의 바람인가 보다. 민족과 문화와 종교를 뛰어넘어 자물쇠를 잠그는 이유는 그건 인간이라면 누구나 변해버리기 때문에 그런 게 아닐까. 그래서 결혼식을 열어 많은 사람들 앞에서 사랑을 서약하고, 각자의 신 앞에 나아가 기도를 드리는 걸까. 변하지 않겠다는 약속은 결국 사람 혼자만의 힘으로는 지키기 어렵다는 것을 알기에.

바티칸 대성당의 축복

    땀이 줄줄 흘렀다. 챙 넓은 모자를 챙겨왔는데 머리에 열이 올라 금방 벗어버렸다. 선글라스를 써도 눈이 따가웠다. 모자의 챙을 부채 삼아 펄럭여보고 싶었지만 양옆으로 사람들이 다닥다닥 붙어 있었다. 땀으로 찐득찐득해진 팔에 또 다른 찐득한 팔이 엉겨붙었다. 줄이 줄어들어 사람들이 움직일 때마다 각국의 땀 냄새가 섞였다. 질서도 없는 마구잡이 줄은 네 줄인지 여덟 줄인지 당최 모르겠다.

태양이 작열하는 한낮에 우리는 바티칸 박물관으로 입장하기 위해 대기 중이었다. 바티칸을 경험하려면 응당 겪어야 하는 통과의례 같은 것일까. 지난번 방문 때도 나는 같은 지옥을 겪었다.

기나긴 기다림 끝에 우리는 바티칸으로 들어왔다. 수많은 관광객들과 함께. 태양은 벗어났지만 인파는 여전했다.

"도대체 성당이 어디지?"

엄마 아빠는 바티칸 대성당을 보고 싶어했다. 한 번 다녀간 곳이지만 나도 바티칸 대성당은 또 와보고 싶었다. 문제는 우리 중에 박물관을 보고 싶은 사람은 없었다는 것이다. 어차피 대성당이 바티칸 시티 안에 있고, 그 안에 박물관도 있으니 그저 한 번 쓱 보고나 가자는 취지였다. 나는 여행 어플에서 바티칸 시티 투어 티켓을 구매했고 약속 장소에 모여 티켓을 수령했다. 다만 대성당은 티켓 없이도 들어갈 수 있다는 사실을 전혀 몰랐다.

"성당으로 가려면 여기서 나가 반대편으로 돌아가야 해요."

박물관 직원 아저씨가 안내한 내용은 충격적이었다. 바티칸 대성당은 바티칸 박물관 밖에 있었고 티켓 없이 무료로 누구나 입장할 수 있다는 거였다. 바티칸 대성당은 줄을 설 필요도 없었고 대기 인원도 없었다. 비싸게 주고 구매한 티켓은 바티칸 박물관에 들어가기 위한 것이었다. 우리는 무엇을 위해 그 많은 인파와 땀 냄새와 자외선을 견뎌냈단 말인가. 박물관에 들어오느라 이미 반쯤 지쳐버린 엄마와, 어느새 등산용 수건을 목에 두른 아빠에게 미안한 맘을 안고서 고백했다. 우리가 헛고생을 했노라. 더불어 돈도 날렸노라.

처음 방문했을 때는 당연히 바티칸 시티를 모두 돌아볼 요량이었기 때문에 박물관과 대성당을 구별해서 생각하지 않았었다. 그때는 아침에 박물관에 들어갔다가 불 켜진 밤 성당을 보고 나왔을 만큼 시간이 많았다. 돌이켜보면 바티칸에 입장해서 걷다 보니 박물관이 나왔고 가다 보니 성당이 나왔던 것 같은데. 나는 왜 한 치의 의심도 안 하고 인터넷 한번 뒤져보지 않고 덜컥 티켓을 구입했을까. 시간과 체력 모두 한정적인 직장인 가족 여행에서 원하지도 않은 곳에 돈과 시간을 날리다니.

나를 데리고 떠났다

"나, 가봤잖아."

나만 믿으라며 노트북 앞에 앉아 일사천리로 그 비싼 티켓을 구입했던 순간이 떠올랐다. 가봤다는 유세라도 떨지 말걸. 아, 부끄럽고 미안하여라. 반 가이드로서, 와본 여행자로서 신뢰가 급감하는 순간이었다.

"그건 네 잘못이 아니지."

아빠는 아무렇지도 않다는 표정으로 나를 위로했다.

"시간이 없어서 못 보는 거지, 안 보고 싶은 게 아니잖아. 사실 지금 내려가고 있는 이 계단도 엄청난 작품이야. 여기 이 부분이 용접한 경계선인데, 정확하게 길이를 재서……."

아빠는 되돌아 내려가는 길 내내 보이는 모든 것이 얼마나 놀라운 작품인지에 대해 설명해주었다. 아빠는 그렇게 돌려 돌려 나를 위로했다. 딸내미가 준비한 여행을 충분히 즐기고 있다는 표현이었을 것이다. 아빠는 늘 그렇게 에둘러 표현한다.

대부분의 한국 아버지들이 그렇듯이.

박물관을 빠져나와 우리가 줄 서서 기다리던 길목을 그대로 서구로 돌아갔다. 이 말은 곧 아빠의 설명이 이제 바티칸 시티를 둘러싸고 있는 벽으로 옮겨왔다는 뜻이다. 아빠의 음성을 한국어 가이드 오디오 삼아 걷고 있던 중이었다. 순간 실수로 발을 헛디뎌 고꾸라질 뻔한 것을 아빠가 내 손을 잡아서 일으켜주었다.

"와, 큰일 날 뻔했다. 그대로 코 박을 뻔했어."
"여기 바닥이 대리석이라 미끄러지기 쉬워. 여보, 당신도 조심해."

다행히 넘어지지 않았으니 손을 놓아야 자연스러운데 웬일인지 아빠는 한참이나 내 손을 잡고 놓지 않았다. 그래서 나도 그대로 있었다. 우리는 대성당으로 향하면서 손을 잡고 걸었다. 멀리 바티칸 대성당이 보이는 데까지 아빠와 손을 잡고 걸었던 것이다.

아빠와 손을 잡고 걸은 게 언제였나. 아빠의 팔짱을 끼고 걸어본 게 언제였나. 언제부턴가 아빠와 손을 잡지도 좀처럼 스킨십을 하지도 않았다. 그렇다고 그리 서먹한 사이는 아니다. 나는 또래 친구들에 비해 아빠와 사이가 좋은 편이다. 얘기도 곧잘 하고 가끔 직장 고민을 털어놓기도 하며 가족여행도 자주 가는 편이니까. 그런데도 '친밀'하지는 않았던 것 같다. 마음대로 가서 부비고 안기고 널브러지는 친밀한 사이 말이다. 어쩌면 아빠와 친해지는 방법에 서툴렀는지도 모르겠다. 아빠도 어떻게 해야 딸과 친해질지 몰랐던 것처럼. 늘 아빠만 모르고 서툴다고 생각했는데 돌이켜보니 나도 그랬다. 딱히 노력해보지도 않았던 것 같다. 괜시리 아빠에게 미안해졌다.

아빠는 엄마와는 달라서 친구가 되기 어려웠다. 엄마는 대화도 잘 통하고 코드도 잘 맞고 공감도 잘됐다. 여자는 관계적인 동물이라 관계에 능하다고 들었다. 반해 남자는 서열적인 동물이라 관계를 맺는 데 서툴다고 한다. 아빠는 나와 친해지고 싶어하면서도 여전히 '아빠'이고 싶어한다. 세상의 모든 힘겨움을 대신 감당해주는 존재. 아빠는 내게 슈퍼맨처럼 든든한 버팀목이 되어주고 싶은 거다. 엄마랑 결혼할 때는 "오빠만 믿어" 하며 오빠 행세를 했다던데, 내가 태어나고 나서는 "아빠만 믿어"

하며 든든한 가장이 되고 싶었던 것 같다. 어렸을 적 아빠는 말을 걸면 설명을 하곤 했다. 그게 가끔은 답답했다. 왜 나와 친해지고 싶어하면서 자꾸 설명만 하는 걸까? 어른이 되어보니, 아빠는 슈퍼맨이 되어 나의 고민을 당장 해결해주고 싶었던 것 같다. "걱정하지 마." 그 말이 하고 싶었던 거다.

그날 이후로 나는 괜히 아빠 옆에 가서 과자를 먹고, 아빠가 TV를 보고 있으면 나란히 누워서 핸드폰을 봤다. 아빠가 라면을 먹으면 한입만 달라고 조르며 같이 먹었다. 아빠가 외출 준비를 하면 오름직한 동산이라며 불룩 나온 배를 장난스럽게 놀리기도 했다. 이미 터질 것 같은 캐리어에 짐을 욱여넣고 힘겹게 지퍼를 잠갔을 때 아빠와 나는 하이파이브를 했다. 별 대화는 없었다. 그런데도 나는 아빠와 더 친밀해진 게 느껴졌다. 서로를 가깝게 만드는 힘, 이것도 여행의 축복이겠지?

나를 데리고 떠났다

로마의 흐린 밤

　숙소 앞 골목을 5분 정도 걸어가면 자그마한 광장이 나왔다. 광장 주변으로 카페가 몇 개 있었는데, 분위기가 지나치게 매혹적이라 겁이 났다면 믿으려나. 늦은 시간이었지만 햇빛은 후했다. 낮에 달궈두었으니 밤엔 신나게 놀아보라며 늦은 시간까지도 제법 환하게 길을 비춰주었다. 노란 조명이 은은하게 퍼지는 카페에 들어가 광장이 바라보이는 좌석으로 자리를 잡았다. 금발의 남자가 연주하는 기타 소리가 광장에 기분 좋은 소음을 만들었다. 이탈리아 가요겠지 싶은 노래도 들렸다. 마키아

　　　　　　　　나를 데리고 떠났다

은은한 불빛과 조용한 기타 소리, 웅성거리는 말소리가 어우러진 로마의 밤.

토, 티라미수, 로마 맥주인 나스트로 아주로 두 병. 어울림이라

곤 없는 메뉴 몇 가지를 줄줄이 시켜놓고 공연에 젖어들었다.

별도 없이 흐릿한 하늘이지만 너무 예뻐서 마냥 올려다보았다.

뒷목이 꺾여 뻐근할 때까지.

최고의 여행이었어

여행의 마지막 날에는 마주치는 모든 것이 '마지막'이라는 의미를 지닌다. 공항 가는 날 아침, 짐을 끌고 나와 문을 잠그려는 순간 엄마가 말했다.

"이 열쇠도 마지막이네!"

잠그는 법을 몰라서 주인에게 세 번이나 전화를 하고, 여는 법을 몰라서 문 앞에서 노숙을 해야 하는 건 아닌지 불안에 떨었던 그 황당한 밤이 떠올랐다. 열쇠를 손에 들고 소소한 추억담이 오갔다. 잊지 못할 열쇠라며. 그때 그 주인이 전화를 안 받았으면 어떡할 뻔했냐며. 이제는 눈 감고도 열고 잠글 수 있다며. 우리는 엘리베이터를 불러서 캐리어 두 개와 사람 하나를 태웠다. 이제 제법 자연스럽게 엘리베이터를 이용했다. 이 엘리베이터는 양쪽 문을 수동으로 열어야 하고 정원은 세 명밖에 되지 않으며 안에 탄 사람이 다시 문을 걸어 잠그고 1층을 눌러야 했다.

"옛날 건물을 그대로 유지하면서 거기에 엘리베이터를 만들다 보니 이렇게밖에 안 됐던 거지. 한국 가면 이것도 그리울 거야."

아빠는 숙소에 묵는 내내 계단을 오르내리게 했던 협소한 엘리베이터를 내려 보내며 불편했어도 정거웠다고 추억했다. 1층의 정문으로 향하는 복도에는 나무로 만든 우편함이 있었다. Lonqo라는 이웃집에 편지가 도착해 있었다. 어제였으면 그냥 지나쳤을지도 모르나, 오늘은 멈춰 서서 편지를 카메라에 담았다. 그리고 '마지막 날, 묵었던 숙소에 도착한 편지'라고 이름을 붙여서 스케줄러에 저장해두었다.

읽을 줄도 모르는 편지를 꺼내 읽어보고 싶었다.

"최고의 여행이었어."

아빠가 툭 던진 말이었다. 호스트가 예약해준 택시를 기다리
며 정문 앞에 서서 각자 아련하게 여행을 정리하던 중이었다.
평소 표현을 잘 못하는 아빠로서는 최상급의 감정 표현이었을
거다. 가족과 여행은 자주 갔지만 내가 가이드를 맡은 건 이번
이 처음이었다. 게다가 표현력이 서툰 아빠가 얼굴 가득 만족
한 표정으로 이렇게 말하자 내 심장은 쿵쾅거렸다.

"다음에도 내가 가이드 할게! 아빠, 어디 가고 싶은데?"

하마터면 이 말이 튀어나올 뻔했다. 아찔했던 순간이었다.
아마 우리의 여행은 앞으로 오래도록 회자되며 어떤 유대를 이

끌어낼 것이다. 우리는 이제 가족이라는 공동체에서 멈춘 것이 아니고 여행 동기로서 더욱 끈끈해졌다. 이탈리아를 떠올릴 때마다 우리에겐 셋만 아는 그때 그 감상이 공유될 터였다.

여행은 끈끈한 유대를 만드는 멋진 도구가 된다. 나는 딸이라는 입장에서 조금 더 자유로워졌음을 느낀다. 내가 가이드하면서 소위 부모님을 '모시고' 다닌다고 생각했는데, 우리는 엄마로서, 아빠로서, 딸로서, 남편으로서, 아내로서뿐만 아니라 어느덧 서로에 대해서 더 많은 정보를 공유한 여행 공동체가 되어 있었다. 서울에선 종종 정해진 역할에 갇혀버리곤 했는데, 여행에서 만난 엄마 아빠는 꽤 재미있고 말이 잘 통하며 죽이 잘 맞는 여행 친구였다. 나는 이후에도 이 친구들과 다른 여행을 갈 수 있지 않을까 싶다.

설렘을 선택하며

어릴 때 "해님도 코 자러 갔으니 이제 너도 그만 자야 할 시간"이라는 말이 참 싫었다. 동생처럼 데리고 다니던 인형을 옆에 누이고도 나는 눈꺼풀이 내려오는 걸 버티려고 안간힘을 썼다. 해가 진다는 건 오늘은 이제 그만 놀아야 한다는 것이며 그건 다섯 살에겐 충격이었다.

다 커버린 지금, 엄마는 해가 지는 걸 너무 아쉬워하지 말라고 했다. 내일도 모레도 지구는 존재할 테니 내일의 해를 기대

하면 된다면서. 그렇게 생각하니 살짝 설레기도 했다.

돌아올 때의 비행기는 출발할 때의 비행기와 사뭇 달랐다.
하늘의 색깔도 달랐고 기내식 맛도 달랐다. 불현듯 마음속에서
뭉글뭉글 우울함이 피어올랐다. 이럴 땐 마음을 잘 다독이고 견
뎌야 한다. 여행이 그만큼 좋았다는 얘기니까. 하지만 내일치의

해가 나에게 주어질 것이고 내년치의 해가 또 준비되어 있을 테니, 아쉬움보다는 설렘을 선택하련다. 나는 다음 여행을 기대한다. 그날 다시 떠오를 붉은 해를 기대한다.

여기저기 돌아보며 쉬지 않고 이야기를 나누던 여행자들.

나를 데리고 떠났다

똑똑, 일상입니다

여행에서 돌아온 후 정신없이 바쁜 시간을 보냈다. 미뤄두고 떠났던 일들이 로마의 압도적인 유적 수만큼이나 밀어닥쳤다. 사실 일이 없어서 떠날 수 있었던 것은 아니었다. 앞으로 당겨서 미리 해두거나 뒤로 미뤄둔 것일 뿐. 당연하게 여길 만하건만 매번 여행이 끝나면 몰아쳐 일하고 다시 다음 여행을 은근슬쩍 기대하게 된다. 이 맛에 일하는 걸까.

무슨 맛에 일하는 거지, 라는 생각을 하자 여러 생각이 떠오른다. 아빠는 가족들을 먹여 살리는 맛에 일하는 거라며 멋진 척한다. 10년도 넘게 일본 가수 아라시를 좋아하는 친구는 또 오빠들을 보러 가야 한다며 열심히 일한다. "김장 쪼깨 했다. 가지러 온나." 아무리 말려도 김장을 하고야 마는 우리 할머니는 김치를 잔뜩 만들어놓고 존재감을 드러내고 싶어한다. 이런 맛들이 우리를 움직이게 한다. 나에게는 여행이 그러하다. 꼭 여행 때문에 일하는 것은 아니지만, 여행이 없다면 일하기 고달플 것 같다.

여행은 다녀오고 난 후가 참 길다. 짐을 풀고 묵은 청소를 한다. 여행 가기 전에 텅 비워둔 냉장고를 채우기 위해 장도 봐야 한다. 한참 동안 연락이 뜸했던 친구와 통화를 하면서 여행이 어땠는지 내가 없는 동안 무슨 일이 있었는지 안부를 묻는다. 여독을 풀기 위해 반나절은 꼬박 기절해 있다 보면 생계가 똑똑 머리를 두드린다. 이제 돈 벌어야지? 지난 여행에서 얼마나 썼는지 알지? 생계의 부름에 번쩍 눈을 뜨고 계산기를 열심히 두들긴다. 한숨 몇 번 쉬고 노트북을 켠다. 일을 시작한다. 일상이 시작된다.

　　　　　　　　　　　나를 데리고 떠났다

누군가 말했다. 여행이 즐거운 이유는 돌아갈 집이 있기 때문이라고. 돌아갈 집은 좋은데 돌아갈 일상은 항상 좋지 않다. 일상을 여행처럼 살 수는 없는 걸까. 하루하루 내게 주어진 이 시간은 실제로 늘 새로운 것이지 않은가. 여행 전과 후의 일상이 같기를 원하지 않는다. 또 하나의 새로운 땅을 경험한 나는 새로운 일상을 만들고 싶다.

여행을 가면 그 지역의 좋은 습관 하나 정도는 가져오겠다고 마음먹곤 한다. 이탈리아에서 돌아온 이후 거기서 가져온 습관을 일상에 녹여보려고 하고 있다. 매일 아침 30분 더 일찍 일어나서 진한 차(빈속에 커피가 안 받는 동양인이므로) 한 잔을 마시며 잠을 깨는 것. 아침에 꼭 커피를 마시고 출근한다는 그들의 문화를 흉내내서. 이 새로움이 일상이 되고, 그게 견딜 수 없이 진부하고 지루해지면 나는 다시 또 떠날 것이다. 어디론가 떠나서 일상이 될 수 있는 새로움을 건져올 것이다. 그리고 생각보다 빨리 다가오고야 말 그날을 위해 오늘도 파이팅!

"이런저런 아쉬움이 거듭 쌓이고 쌓여
또 이런저런 잊을 수 없는 장면들이 겹치고 겹쳐
다시 이탈리아로 여행을 오게 되는 걸까? 아마도."

여행은 단순히 땅 밟기가 아니기에

계획을 세운다. 호텔을 알아보고 기차 편을 알아보고 항공기를 알아본다. 온 가족이 가야 하므로 아파트를 찾아 에어비앤비에 들어간다. 필터링을 거친다. 난 항상 고민한다. 슈퍼호스트, 별점 등등을 놓고 비교하고 또 비교한다. 호텔을 검색할 때도 이 고민은 마찬가지다. 평점 8 이상을 할 것인가, 9 이상을 할 것인가. 가끔 10을 받은 호텔을 보면 엄청나게 고민한다. 과연 10을 주는 사람은 어떤 사람일까. 10을 받은 호텔은 어떤 호텔일까. 가보지 못한 도시로 갈 때는 어떤 위치에 머물러야 할지가 또 늘 고민이다. 따라서 온갖 후기를 다 읽어봐야 한다. 일단 검색창에 '어디가 좋아요?'부터 시작해서 사람들이 어디어디 묵었다는 이야기를 주워담고 유튜브의 동영상을 통해 실제 모습을 미리 스캔하기도 한다. 이리저리 온갖 도구를 사용해서 뒤지고 알아내고 필터링하기만 꼬박 하루. 열흘간의 숙소를 정하기에 하루는 짧다. 각 도시마다 이런 과정을 반복해야 하니까. 이탈리아의 경우는 이미 한 번 가본 곳이기에 다행스럽게도 훨씬 빨랐다(처음 가는 나라, 처음 가는 도시인 경우 하루를 꼬박 서칭해서 숙소 하나를 잡곤 한다).

꼭 유럽 여행이 아니더라도 어딜 가든 계획을 단단히 하는 편이다. 계획을 좋아한다기보다 불안을 싫어해서다. 그때 봐서, 거기 가보면 어떻게든 되겠지, 하는 배짱은 내겐 없다. 그렇다고 막상 가보면 계획에 딱 맞춰서 여행하는 것도 아니다. 먹고 마실 장소나 메뉴를 정해놓는 편도 아니다. 그저 '무작정'이랑 친하지 않을 뿐. 계획은 철저히 세운다. 눈에 띄는 식당에 들어가서 먹고 마음이 가는 길을 걸어보는 게 늘상 나의 여행 스타일이건만.

계획을 세우는 습관은 내 일상에도 녹아 있다. 일을 받아도 계획을 세워놓지 않으면 시작이 안 된다. 프로젝트 기간이 한 달이든 일주일이든 이틀이든 머릿속에 일을 처리할 1, 2, 3번이 잡혀야 마음이 놓이고 시작이 된다. 그렇다고 세워둔 계획대로 만 일을 하는 편도 아니다. 새해를 맞을 때도 항상 계획을 세운 다. 올해의 목표 1, 2, 3번을 적어놓고 왜 그래야 하는지 어떻게 이룰 것인지를 마인드맵으로 정리한다. 연말에 돌아보면 연초 의 계획대로 된 적은 거의 없다. 계획적으로 사는 것도 질색이 다. 규칙적인 삶 같은 건 인생 궤도에 없다. 그럼에도 불구하고 나는 계획을 세운다. 일단 무작정 시작하고 보라는 말은 와 닿 지 않는다. 로드맵이 없는데 불안해서 어떻게 시작을 하는가. 일단 로드맵이 있어야 마음이 놓인다. 그래야 스타트를 끊는 다. 그렇게 막상 시작을 하면 새로운 생각들이 떠오른다. 그렇 게 계획했던 것과 다른 목표, 다른 길, 다른 여행을 하게 된다.

나에게 있어서 계획을 세우는 이유는 이루기 위해서가 아 니다. 편안하게 '시작'하기 위해서다. 그 편안함 위에 뒹굴면서 내 삶은 자유롭게 뻗어나간다. 생각지 못했던 장소로, 재미있 어 보이는 골목으로, 낯선 맛이 나는 음식으로.

열흘간의 숙소를 정하고 나면 다시 차편을 예약한다. 그러자면 일정이 정해져야 한다. 그러자면 뭘 하고 싶은지, 어딜 가고 싶은지 정해야 한다. 그러자면 가족의 의견을 들어봐야 한다. 그러자면 한자리에 모여 앉아야만 한다. 꽤 긴 여정이다. 그런데 이게 만만치 않게 재미있다. 여행 계획을 짜는 건 왜 이리 신나는지. 몇 시간을 앉아 있어도 어깨가 결리지 않는다. 물론 나는 이와 비슷한 일을 직장에서도 종일 했었다. 그땐 어깨가 참 많이도 결렸더랬다. 업무로 출장을 갈 때는 호텔도 캐리어도 여권도 그저 업무 필수품에 불과했다. 그런데 여행이 시작되면 호텔은 궁금해지고 캐리어는 중요해지고 여권은 소중해진다. 여행은 단순히 땅 밟기가 아니기에, 왜 가느냐고 묻지 말길 바란다. 왜 가야 하는지 망설이지 말길 바란다.

이미 다녀온 자의 이야기는 여행을 계획하는 데 최고의 출발점이다. 마음을 들뜨게 하고 그곳에 가면 어떤 일이 생길까 꿈꾸게 하고 겁 없이 일어나 떠나게 한다. 지금까지 이 책을 읽어준 여행 동지들의, 그래서 곧 떠나는 자들의 더 멋진 후기를 기대하는 이유다.

나를 데리고 떠났다

1판 1쇄 발행 2019년 5월 24일

지은이 황지연
펴낸이 윤혜준 | 편집장 구본근 | 고문 손달진 | 디자인 이지영
펴낸곳 도서출판 폭스코너 | 출판등록 제2015-000059호(2015년 3월 11일)
주소 서울시 마포구 월드컵북로 400 문화콘텐츠센터 5층 15호(우 03925)
전화 02-3291-3397 | 팩스 02-3291-3338 | 이메일 foxcorner15@naver.com
페이스북 www.facebook.com/foxcorner15
블로그 https://blog.naver.com/foxcorner15

종이 광명지업(주) | 인쇄 수이북스 | 제본 국일문화사

ISBN 979-11-87514-23-7 03810